Pascal Quignard
A Razão

Outros livros da FILŌ

FILŌAGAMBEN **Ideia da prosa**
Giorgio Agamben

O homem sem conteúdo
Giorgio Agamben

A comunidade que vem
Giorgio Agamben

Introdução a Giorgio Agamben
Edgardo Castro

FILŌBENJAMIN **O anjo da história**
Walter Benjamin

Origem do drama trágico alemão
Walter Benjamin

Rua de mão única
Infância berlinense: 1900
Walter Benjamin

FILŌBATAILLE **O erotismo**
Georges Bataille

A parte maldita
Precedida de "A noção de dispêndio"
Georges Bataille

FILŌESTÉTICA **O belo autônomo** – Textos clássicos de estética
Rodrigo Duarte (org.)

Íon
Platão

Do sublime ao trágico
Friedrich Schiller

FILŌESPINOSA **Breve tratado de Deus, do homem**
e do seu bem-estar
Espinosa

A unidade do corpo e da mente
Chantal Jaquet

FILŌMARGENS **Estilo e verdade em Jacques Lacan**
Gilson Iannini

Lacan, o escrito, a imagem
*Jacques Aubert, François Cheng, Jean-Claude Milner,
François Regnault, Gérard Wajcman*

FILŌ **A teoria dos incorporais no estoicismo antigo**
Émile Bréhier

ANTI**FILŌ**   **autêntica**

Pascal Quignard
A Razão

Edição bilíngue

Tradução
Yolanda Vilela

Copyright © Editions Gallimard 1990
Copyright © 2013 Autêntica Editora

Todos os direitos reservados pela Autêntica Editora. Nenhuma parte desta publicação poderá ser reproduzida, seja por meios mecânicos, eletrônicos, seja via cópia xerográfica, sem a autorização prévia da Editora.

TÍTULO ORIGINAL
La Raison

COORDENADOR DA COLEÇÃO FILÔ
Gilson Iannini

CONSELHO EDITORIAL
Gilson Iannini (UFOP); Barbara Cassin (Paris); Cláudio Oliveira (UFF); Danilo Marcondes (PUC-Rio); Ernani Chaves (UFPA); Guilherme Castelo Branco (UFRJ); João Carlos Salles (UFBA); Monique David-Ménard (Paris); Olímpio Pimenta (UFOP); Pedro Süssekind (UFF); Rogério Lopes (UFMG);
Rodrigo Duarte (UFMG); Romero Alves Freitas (UFOP); Slavoj Žižek (Liubliana); Vladimir Safatle (USP)

TRADUÇÃO
Yolanda Vilela

REVISÃO
Kátia Trindade

CAPA
Diogo Droschi

DIAGRAMAÇÃO
Ricardo Furtado

EDITORA RESPONSÁVEL
Rejane Dias

Dados Internacionais de Catalogação na Publicação (CIP) (Câmara Brasileira do Livro, SP, Brasil)

Quignard, Pascal

A razão / Pascal Quignard ; tradução Yolanda Vilela. -- Belo Horizonte : Autêntica Editora, 2013. -- (AntiFilô)

Título original: La Raison.

ISBN 978-85-8217-256-8

1. Ensaios franceses - Século 20 I. Título. II. Série.

13-10695   CDD-844.914

Índices para catálogo sistemático:
1. Ensaios franceses 844.914

Autêntica Editora Ltda.

Belo Horizonte
Rua Aimorés, 981, 8º andar
Funcionários . 30140-071
Belo Horizonte . MG
Tel.: (55 31) 3214 5700

TELEVENDAS: 0800 283 13 22
www.autenticaeditora.com.br

São Paulo
Av. Paulista, 2.073, Conjunto Nacional, Horsa I, 23º andar,
Conj. 2301 . Cerqueira César
01311-940 . São Paulo . SP
Tel.: (55 11) 3034 4468

Sumário

7. **Apresentação**

19. **Capítulo primeiro**

27. **Capítulo II**

33. **Capítulo III**

39. **Capítulo IV**

45. **Capítulo V**

53. **Capítulo VI**

61. **Capítulo VII**

71. **Capítulo VIII**

75. **Capítulo IX**

81. **Capítulo X**

87. **Notas**

91. **O gabinete dos letrados**

92. **Posfácio**

108. **Coleção Filô**

110. **Série Antifilô**

Apresentação

Yolanda Vilela

Pascal Quignard nasceu na Normandia, França, em 1948. Do lado paterno, o escritor descende de uma família de organistas que, ao longo dos séculos, viveram na região do Wurtemberg – um antigo Estado alemão –, na Alsácia, em Versalhes e também nos Estados Unidos. Sua mãe vem de uma família de professores da Sorbonne; vale lembrar que ela é filha do linguista e filólogo Charles Bruneau. Os pais de Quignard eram professores de Letras Clássicas. A música e as letras estiveram, portanto, desde sempre, presentes em sua vida, e ele define a educação que recebeu como "gramatical, severa, clássica e católica"[1]. Além de escritor, Quignard é violoncelista, e foi na qualidade de músico que ele fundou, no início dos anos 1990, o Festival de Ópera e Teatro Barroco de Versalhes.

---

[1] QUIGNARD, P.; LAPEYRE DESMAISON, C. *Pascal Quignard le solitaire. Rencontre avec Chantal Lapeyre-Desmaison.* Paris: Les Flohic, 2001, p. 24.

Pascal Quignard estudava filosofia quando os acontecimentos de maio de 68 vieram desviá-lo do campo filosófico. Sua tese, intitulada por seu orientador, Emmanuel Levinas, "Le statut du langage dans la pensée de Henri Bergson", permaneceu inacabada. Quignard voltou-se, então, para a literatura. Foi no início dos anos 1970, no contexto da revista *L'Éphémère* – uma publicação que reunia poetas de primeira linha e ambicionava refundar o ato poético –, que ele passou a frequentar Michel Leiris, Paul Celan, Henri Michaux, Pierre Klossowski e outros. Leiris e Celan propuseram que Quignard traduzisse obras antigas, e um dos frutos dessa proposta foi a tradução do longo poema grego *Alexandra*, de Lycophron, o Obscuro, cuja apresentação foi feita pelo próprio Quignard.

A convite de Simone Gallimard, Quignard ocupou o posto de leitor das edições Gallimard, função que exerceu de 1969 a 1994, quando pediu sua demissão. À época de sua saída, ele era secretário-geral da editora, cargo da maior importância quando se considera a sua dimensão política.

A obra quignardiana foi, até o momento, contemplada com dois dos maiores prêmios literários franceses: o romance *Terrasse à Rome* recebeu, em 2000, o Grande Prêmio do Romance da

Academia Francesa e ao livro *Les ombres errantes* foi atribuído, em 2002, o renomado *Prix Goncourt*.

É preciso dizer que a produção de Pascal Quignard é vasta. Ela conta com mais de sessenta títulos publicados, encontrando-se ainda em curso. Sua obra, que compreende ensaios, poesia, romances e reflexões de caráter filosófico, desconcerta a crítica, que tem dificuldades em classificá-la. Qualificado frequentemente de "erudito", Quignard se serve de seu humor para denunciar o superficialismo da crítica literária que, ao tentar definir uma obra e um autor, muitas vezes os petrifica. Quanto a isso, ele pôde dizer:

> Não sou um erudito. *Rudis* é o selvagem. *E-rudis* é aquele de quem se retirou a aspereza, a selvageria, a violência originária, ou natural, ou animal. Em latim, a palavra *rudis* tem uma correspondência com a palavra *infans*. O *puer*, na medida em que o gramático o faz abandonar a *in-fantia* e lhe ensina as letras para escrever, torna-se *e-rudis*. Eu ainda procuro *e-rudir*-me.[2]

---

[2] QUIGNARD, P.; LAPEYRE DESMAISON, C. *Pascal Quignard le solitaire. Rencontre avec Chantal Lapeyre-Desmaison*. Paris: Les Flohic, 2001, p. 112-113.

Mais do que um literato, Quignard é um pensador da cultura, e as épocas históricas com as quais dialoga são reveladoras da singularidade de seu pensamento. Assim sendo, caberia evocar aqui o conhecido ensaio "A tradição e o talento individual" (1917), onde o poeta e crítico literário T. S. Eliot expõe suas teses sobre as relações que o escritor cria com aqueles que o precederam. Segundo Eliot, a tradição supõe o sentido histórico e este, por sua vez, dá ao escritor a consciência aguda de seu lugar no tempo, de sua contemporaneidade. Eliot insiste sobre a modificação do passado produzida pelo presente e chama a atenção para o fato de o presente ser igualmente influenciado pelo passado. As teses de Eliot foram retomadas por Jorge Luis Borges no ensaio "Kafka e seus precursores", de 1951. Borges, para quem a palavra "precursor" é indispensável no vocabulário crítico, conclui o seu texto com a seguinte afirmação: "O fato é que cada escritor cria seus precursores. Seu trabalho modifica nossa concepção do passado, como há de modificar o futuro. Nessa correlação, não importa a identidade ou a pluralidade dos homens"[3].

---

[3] BORGES, J.-L. Kafka e seus precursores. In: *Outras inquisições*. São Paulo: Globo, 1999, p. 98.

Uma das singularidades que marcam o percurso de Pascal Quignard é, justamente, o aspecto insólito, e de certa forma inédito, da leitura que ele faz dos precursores que elege. A volta ao passado realizada por ele não é da ordem de um saudosismo nem tampouco de um puro exercício de erudição; sua investigação não parece se ancorar num movimento nostálgico suscetível de restaurar um tempo perdido qualquer. Ao contrário, o que está em questão para o autor desde a sua entrada na cena literária é o resgate da *contemporaneidade* de autores e de artistas que, de modo geral, foram deixados às margens pela tradição. Poderíamos dizer que os precursores de Quignard são, na maioria das vezes, nomeados; o que os especifica aos olhos do escritor francês é o relativo esquecimento canônico do qual foram vítimas. Esse traço, que não deixa de postular a legitimidade de certo anacronismo, atravessa toda a produção quignardiana.

Um aspecto importante da obra se esboça: se por um lado o projeto literário de Quignard é fiel à época na qual está ancorado, se ele tem um lugar cada vez mais importante na contemporaneidade, por outro lado, tal projeto se sustenta num resgate constante de obras, autores e artistas das épocas de sua predileção, quais sejam: a China antiga, a Antiguidade greco-romana e, na França, o

século XVII. A literatura de Quignard está, assim, muito mais próxima de uma *reinvenção* do passado do que de uma simples *ressuscitação* do passado. Esse aspecto do procedimento do autor leva-nos a refletir sobre um dos sentidos que ele atribui à expressão "contemporaneidade". Para Quignard, se contemporaneidade há, esta somente seria possível pelo gesto da leitura:

> Que o passado e o futuro possam se tornar contemporâneos num ser: esta é a possibilidade que a leitura dos livros oferece [...] O que é outro – seres, épocas, espaços, emoções – é encontrado na leitura, e somente a língua permite o endereçamento a esse outro, a quem ela dá existência, morfologia, tempo e país[4].

Quignard fez sua entrada na cena literária francesa publicando ensaios que interrogam, sobretudo, a natureza da linguagem. A questão do signo e da significação, muito presente no contexto intelectual dos anos 1960, está no cerne de sua produção ensaística da época. A leitura de seus primeiros textos nos permite afirmar que o escritor acompanhava atentamente os debates

---

[4] QUIGNARD, Pascal. *Petits traités II*. Paris: Gallimard (Folio), 1990, p. 497-498.

marcados pelo pensamento estruturalista que se desenrolavam no campo das Ciências Humanas. Se ele admitia seu interesse e fascinação por escritores e artistas do passado, sua obra era também influenciada pelo pensamento de seus contemporâneos, de quem era leitor aplicado. Podemos citar, a título de ilustração, sua relação com a obra de Maurice Blanchot, de cuja influência ele tenta se demarcar. A fórmula de Mallarmé que faz da "flor ausente de todo buquê" o emblema da linguagem é retomada ulteriormente por Blanchot, que vê aí o mecanismo de toda nomeação. Nomear é ausentar-se; é, por assim dizer, matar a coisa real da qual sobrevive apenas o signo desencarnado. Em seus primeiros escritos, Quignard está certamente às voltas com a questão da nomeação. Nesse sentido, podemos evocar seu ensaio sobre Maurice Scève, poeta francês do século XVI bem como seu diálogo com Roland Barthes e Gilles Deleuze. O fio condutor de sua produção do final dos anos 1960 é, portanto, os limites da linguagem e sua relação com a língua.

A passagem dos primeiros ensaios à dimensão ficcional propriamente dita traz ainda discussões sobre os limites e a natureza da linguagem, tema que marcará finalmente toda a obra

do autor. Para afinar, porém, a sua concepção de romance, Quignard vai questionar decididamente algumas correntes literárias francesas e certas concepções da narrativa romanesca. O resgate de retóricos latinos, bem como a crítica da metafísica, fornecerá ao escritor elementos para uma concepção da coisa literária estreitamente vinculada ao *pathos* da linguagem, ou seja, sua dimensão afetiva e até mesmo passional.

Podemos destacar algumas figuras extraídas do grande leque dos *topoi* que compõem a obra quignardiana. Uma das figuras principais é o *sordidíssimo*, oriundo dos *sordidissima* do retórico latino Caio Albúcio Silo. Objeto sórdido, resto, resíduo: quaisquer que sejam os nomes sob os quais essa figura aparece, o que está em questão é aquilo que não serve para nada, o que foi esquecido, rejeitado, seja da História Universal, seja do cânone, seja da história de vida de um sujeito. Ao longo de sua obra, ensaística ou romanesca, Quignard resgata esses elementos e os dota de valor agalmático, precioso.

O *Jadis* (Outrora) é igualmente um *tópos* central da literatura de Quignard, e os desdobramentos dessa figura encontram-se mais precisamente nos livros que formam a série *Dernier Royaume* (Último Reino). Em sua obra, as expressões "passado" e "outrora" são frequentemente

contrapostas, e a diferença semântica dos dois termos é bem circunscrita. O *passado* estaria associado à aquisição da linguagem, às convenções sociais, ou seja, ele seria o "território dos seres falantes". Aliás, da linguagem Quignard pôde dizer que se trata de uma aquisição precária, que não estaria na origem e nem mesmo no fim de uma vida, visto que, frequentemente, a palavra erra e se perde antes mesmo do cessar da vida. Por sua vez, o Outrora quignardiano, que para muitos críticos teria estatuto de conceito, remete a uma anterioridade mítica. *Jadis* seria anterior ao passado petrificado pela aquisição da linguagem formal. Essas duas figuras – sordidíssimos e outrora – aparecem muitas vezes associadas na obra do autor, uma vez que é o objeto sórdido que frequentemente remete à temporalidade do outrora. Em outras palavras, é sempre o elemento desprezado ou esquecido que remeterá ao perdido.

Podemos incluir as travessias órficas entre os *topoi* da produção literária de Pascal Quignard. A referência do escritor ao mito de Orfeu permeia também toda a sua obra. Ao relatar as cenas que marcaram o seu destino de escritor, Quignard se compara de certa forma com Orfeu, visto que também ele, Quignard, se viu condenado a descer aos Infernos em busca da palavra perdida.

Por fim, podemos dizer que as relações de Pascal Quignard com a psicanálise merecem destaque quando se trata de apresentar um panorama da obra do escritor. Como se disse, Quignard sempre esteve às voltas com o campo da linguagem e, nesse sentido, a psicanálise enquanto campo do saber não foi por ele negligenciada. Em toda a extensão de *Sordidissimes*, livro publicado em 2005, o autor apresenta figuras poéticas para o *objeto a*, um dos pilares da psicanálise lacaniana. Há que se destacar que de modo decidido e elegante Quignard introduz, em *Sordidissimes*, esse conceito de Lacan no campo propriamente literário.

A Razão

La Raison

Chapitre premier

Ils étaient quatre Espagnols qui s'étaient juré amitié: Clodius Turrinus le Père, Annaeus Seneca, L. Junius Gallion et Porcius Latron. Seuls les trois derniers firent le voyage de Rome. Seuls les deux derniers y passèrent l'essentiel de leur vie. Seul le dernier ne désira jamais revoir la terre rouge de l'Espagne.

Marcus Porcius Latron était né dans la cité de Cordoue en 696 de Rome (en − 57 de notre ère) dans une famille de rang équestre. À la fin de sa vie il prétendait certaines fois qu'il avait aimé quatre choses, d'autres fois trois choses: la voix, le coït, la forêt. Il ajoutait parfois les livres mais il disait qu'il n'en goûtait qu'un petit nombre. Il composa quatre-vingt-seize controverses. Sénèque le Père affirme qu'il en aurait rédigé cent dix. Dans le roman, il appréciait l'énergie. Il souhaitait que la voix bondisse, que l'action

Capítulo primeiro

Eram quatro espanhóis que haviam selado um pacto de amizade: Clódio Turrino, o Velho, Aneu Sêneca, L. Júnio Galião e Pórcio Latrão. Somente os três últimos viajaram para Roma. Apenas os dois últimos passaram ali uma parte essencial de suas vidas. Somente o último desejou nunca mais rever a terra vermelha da Espanha.

Marco Pórcio Latrão nascera na cidade de Córdoba, no ano 696 do calendário romano (ano 57 a. C.), em uma tradicional família de cavaleiros. No final de sua vida, ele dizia, algumas vezes, que havia gostado de apenas quatro coisas; outras vezes, de três: a voz, o coito, a floresta. Acrescentava, de vez em quando, os livros, mas dizia que eram poucos aqueles que apreciava. Ele compôs noventa e seis controvérsias. Sêneca, o Velho, afirma que ele teria redigido cento e dez. No romance, ele apreciava a energia. Desejava que a voz se elevasse bruscamente, que a ação

aille à grande vitesse, que l'auteur en arrive au point où il cesse de pouvoir diriger. Sénèque a écrit: "Sa voix était robuste et sourde, voilée par les veilles et le manque de soins. Mais peu à peu elle s'élevait grâce à la puissance des poumons et, si peu de force qu'elle parût avoir aux premiers instants où il parlait, elle se renforçait dans son propre usage. Il ne se soucia jamais d'exercer sa voix. Il ne pouvait perdre les habitudes rudes et agrestes de l'Espagne. Il vivait au gré de ce qui se présentait. Il ne faisait rien du tout pour sa voix, ne la conduisait pas de degré en degré de la note la plus basse à la plus haute et, inversement, ne l'assujettissait pas à redescendre du ton le plus élevé par des intervalles égaux. Il n'essuyait pas la sueur à l'aide de frictions. Il ne cherchait pas à faire revivre son souffle par le secours de la promenade".[a] Quand il fut dans la force de l'âge, il perdit peu à peu la vue de son œil droit en multipliant les veilles. Il disait que la chandelle, près de la tablette, et le reflet de la flamme sur la cire [dont la tablette était enduite] avait brûlé l'œil qui était le plus proche. Il détestait les cheveux ondulés au fer. Il écrivait à toute allure et il disait de chacun de ses livres que c'était soit une biche soit un lynx qui avait sauté d'un fourré jusque dans son âme. Il avait une mémoire que tous les orateurs et les déclamateurs de la Rome d'alors

ganhasse velocidade, que o autor chegasse ao ponto de parar de dirigi-la. Sêneca escreveu: "Sua voz era robusta e surda, velada pelas noites em branco e a falta de cuidados. Mas, pouco a pouco, ela se avolumava graças à potência dos pulmões, e, por menos força que parecesse ter nos primeiros momentos de sua fala, ela se reforçava pelo próprio uso. Ele nunca se preocupou em educar sua voz. Ele não conseguia perder os hábitos rudes e agrestes da Espanha. Vivia ao sabor do que a ele se apresentava. Não fazia absolutamente nada por sua voz, não a conduzia de tom em tom, da nota mais grave até a mais aguda e, inversamente, não lhe impunha descer de um tom mais elevado mediante intervalos regulares. Ele não enxugava o suor com a ajuda de fricções. Tampouco procurava reavivar seu fôlego através da caminhada".[a] Na força da idade, ele perdeu, aos poucos, a vista direita por causa das inúmeras vigílias. Dizia que a vela, perto da prancheta, e o reflexo da chama sobre a cera (que recobria a prancheta) haviam queimado o olho que ficava próximo a ela. Ele detestava os cabelos ondulados ao ferro. Escrevia com muita rapidez e dizia de cada um de seus livros que era uma corça ou um lince que saltara de um matagal até a sua alma. Tinha uma memória que todos os oradores e declamadores da Roma da época

lui enviaient. Enfant, pourtant, il avait perdu tous souvenirs. Cette perte de la mémoire avait coïncidé dans le temps avec la décision pleine de périls que prit César au sortir des portes de Ravenne devant un petit ruisseau qui s'appelait Rubico – ce qui veut dire en latin "faire rougir". Porcius était âgé de neuf années quand il reçut ce coup de sabot d'une génisse dans le visage, qui le laissa évanoui durant six jours. Sénèque rapporte qu'il perdit dans cette circonstance la mémoire et qu'il fallut lui faire apprendre par cœur le détail d'une vie qu'il avait oubliée. Il conserva sur le visage une cicatrice qui partait du haut de l'oreille et qui allait jusqu'à l'arc que surmonte le sourcil. Le meuglement des taureaux et des vaches l'effraya toute sa vie. Il disait qu'âgé de quinze hivers il se dévoyait encore de son chemin pour éviter les champs où ils paissaient.

En – 43 il se rendit à Rome en compagnie de L. Annaeus Seneca. (Ce dernier, quarante ans plus tard, eut trois fils, après qu'il fut revenu en Espagne et qu'il eut épousé Helvia: Sénèque le Proconsul, qui connut saint Paul, Sénèque le Philosophe, qui lia son destin à celui de l'empereur Néron, et Sénèque le Banquier, qui eut pour fils Lucain.) Les deux jeunes Cordouans suivirent les leçons de Marullus. Marullus prescrivait qu'on fût sec, qu'on fût rude, qu'on fût brusque et

invejavam. Contudo, quando criança, havia perdido todas as suas lembranças. Essa perda da memória coincidira, no tempo, com a decisão, cheia de perigos, tomada por César ao sair das portas de Ravena diante de um riacho chamado Rubicão – que, em latim, quer dizer "fazer enrubescer".

Pórcio estava com nove anos quando levou um coice de novilha no rosto, que o deixou desmaiado durante seis dias. Sêneca conta que ele perdeu a memória nessa ocasião e que foi preciso fazê-lo decorar os detalhes de uma vida esquecida. Ele conservou no rosto uma cicatriz que ia do alto da orelha até o arco que contorna a sobrancelha. O mugido dos touros e das vacas aterrorizou-o por toda a vida. Ele dizia que aos quinze anos de idade ainda se desviava de seu caminho para evitar os campos onde eles pastavam.

No ano 43 a.C. ele foi para Roma em companhia de L. Aneu Sêneca. (Este último, quarenta anos mais tarde, depois que voltou para a Espanha, teve três filhos com a esposa Hélvia: Sêneca, o pró-cônsul, que conheceu São Paulo; Sêneca, o Filósofo, que uniu seu destino ao do imperador Nero; e Sêneca, o Banqueiro, cujo filho é Lucano). Os dois jovens cordobeses seguiram as lições de Marulo. Marulo determinava que se fosse seco, que se fosse rude, que se fosse brusco e

qu'on fût court. Il exigeait que tout soit articulé jusqu'à la sécheresse dans le ton, précis jusqu'à la rudesse dans le vocabulaire, surprenant jusqu'à la brusquerie dans la construction de la phrase et, dans la durée, prompt jusqu'à être tranchant et presque trop court. Sec afin qu'on saisisse l'oreille. Rude afin qu'on touche l'esprit. Brusque afin qu'on retienne l'attention et qu'on inquiète le rythme du cœur. Court afin qu'on reste sur sa faim plutôt qu'on verse dans l'ennui.

que se fosse breve. Ele exigia que o tom fosse articulado até a aridez, o vocabulário preciso até a rudez, a construção da frase surpreendente até a brusquidez, e que, na duração, tudo fosse impetuoso, chegando a ser cortante e quase excessivamente breve. Árido, para capturar o ouvido. Rude, para tocar o espírito. Brusco, para chamar a atenção e inquietar o ritmo do coração. Breve, para que se permanecesse insatisfeito, e não se caísse no tédio.

Chapitre II

Porcius vieillit et composa beaucoup. Le 7 décembre – 43, Cicéron, comme il sortait sa tête des rideaux de sa litière, eut la tête tranchée par Popillius sur l'ordre d'Antoine. Très jeune, Latron s'en était pris à ce que les Grecs appelaient "logos" et que les anciens Romains nommaient "ratio". C'est la raison. Il commença ses paradoxes par la discussion suivante: "Celui qui l'emporte au cours d'une controverse peut avoir tort. Celui qui sait mal argumenter peut avoir raison." Les déclamateurs qui comptaient parmi les plus âgés s'irritaient de ces provocations qui mettaient à chaque fois en cause leur art. Latron interdisait qu'on lance l'air du fond de la gorge avec trop de véhémence. Sa voix était sourde mais possédait une énergie qui naissait de la conviction. Cette énergie se lisait aussi dans son oeil unique. Il ne souffrait pas qu'on se lève après

Capítulo II

Pórcio envelheceu e compôs muito. No dia 7 de dezembro do ano 43 a.C., sob as ordens de Antônio, Cícero teve sua cabeça decepada por Popílio ao colocá-la para fora das cortinas de sua liteira. Desde muito jovem, Latrão atacara o que os gregos chamavam "logos" e que os antigos romanos chamavam "ratio". A razão. Ele começou seus paradoxos pela seguinte discussão: "Aquele que ganha uma controvérsia pode estar enganado. Aquele que argumenta mal pode estar certo". Os declamadores mais velhos irritavam-se com essas provocações que, a cada vez, atacavam a sua arte. Latrão proibia que se lançasse o ar do fundo da garganta com excessiva veemência. Sua voz era surda, mas possuía uma energia que nascia da convicção. Essa energia também se lia em seu único olho. Ele não sofria por se levantar após

la dernière veille. Il aimait la chasse à courre. Il goûtait le naturel et la vérité. La formule qui est demeurée la plus vivante dans la mémoire de ceux qui suivirent ses cours est la suivante: "Pour des êtres qui désirent, la pensée argumentée est un manteau gaulois à capuchon." Il a prononcé cette phrase quand il avait passé quarante ans et qu'il était devenu étrange. Il est vrai qu'elle marie deux images qui n'ont guère à voir l'une avec l'autre. C'est l'enseignement de Marullus qui prônait ces heurts entre un mot abstrait et un capuchon de manteau. Il soutenait qu'il ne fallait pas dire "controversia" mais qu'il fallait dire "causa". Il professait aussi qu'il ne fallait pas dire "scholastica" ni "declamatio" mais dire "dictio". Toujours les auditeurs se pressèrent à ses lectures quand il lisait des romans. Annaeus Sénèque a écrit: "Jamais il ne relut la déclamation qu'il allait prononcer pour l'apprendre par cœur: il l'avait apprise en l'écrivant. Ce phénomène est d'autant plus digne d'être signalé qu'il écrivait, non pas lentement et en délibérant sur chaque mot, en tordant de cinquante manières sa phrase, mais avec la même impétuosité, pour ainsi dire, que celle qu'il avait en parlant. S'était-il donné du loisir, il se livrait à tous les jeux, à tous les divertissements. S'était-il jeté dans les forêts, sur les montagnes, il aurait rendu des points aux

uma noite em branco. Ele gostava da caça com cavalos. Apreciava o natural e a verdade. A proposição que permaneceu mais viva na memória daqueles que seguiram as suas lições é a seguinte: "Para seres que desejam, o pensamento argumentado é um mantô gaulês com capuz". Ele pronunciou essa frase quando já havia passado dos quarenta anos e se tornara estranho. É verdade que ela conjuga duas imagens que quase não têm a ver uma com a outra. É o ensino de Marulo que preconizava esses contrastes bruscos entre uma palavra abstrata e um capuz de mantô. Ele afirmava que não se devia dizer "controversia", mas que era preciso dizer "causa". Professava também que não se devia dizer "scholastica" nem "declamatio", mas "dictio". Os seus auditores sempre se acotovelavam durante as suas leituras quando ele lia romances. Aneu Sêneca escreveu: "Ele nunca releu a declamação que ia pronunciar a fim aprendê-la de cor: ele a aprendia ao escrevê-la. Esse fenômeno é tanto mais digno de ser assinalado porque ele não escrevia lentamente, deliberando sobre cada palavra, contorcendo sua frase de cinquenta maneiras, mas escrevia, por assim dizer, com a mesma impetuosidade que tinha ao falar. Se estivesse se divertindo, entregava-se a todas as brincadeiras, a todas as diversões. Se estivesse se embrenhado na floresta, nas montanhas, ele daria vantagens aos

paysans nés sur les monts et dans les bois par sa force à supporter la fatigue et son adresse à chasser. La nature, secourue par l'éducation de l'enfance, lui avait donné une mémoire heureuse. Il avait acquis en outre un art incomparable pour loger et retenir ce qu'il ne devait pas oublier, si bien qu'il arrivait à conserver dans son souvenir toutes les déclamations qu'il avait prononcées. Aussi les cahiers lui étaient-ils devenus superflus. Il disait qu'il écrivait directement sur son esprit." (Sénèque le Père, *Controversiarum liber primus*, XVII).[b]

camponeses nascidos nos montes e nos bosques, tamanha era sua força em suportar o cansaço e sua habilidade em caçar. A natureza, auxiliada pela educação da infância, havia lhe dado uma memória privilegiada. Além disso, ele havia adquirido uma arte incomparável em acolher e reter aquilo que não devia esquecer, de tal forma que conseguia conservar na lembrança todas as declamações que pronunciara. Assim, os cadernos tornaram-se-lhe supérfluos. Ele dizia escrever diretamente sobre o espírito" (Sêneca, o Velho, *Controversiarum liber primus*, XVII).[b]

Chapitre III

Porcius Latron avait de l'inclination pour les forêts, les montagnes, les torrents, l'odeur et la chaleur des chevaux et les brames. S'il doutait que la raison fût rationnelle, il contestait qu'elle fût même raisonnable. Sénèque le Père a conservé un fragment de dialogue:

"– Sais-tu de quoi l'intelligence est issue?

L'intelligence est issue du désir de la lutte.

Dans ce cas, si l'intelligence fournit les moyens de combattre autrui, la victoire est son dessein et non la vérité.

Non, l'avenir d'un argument n'est pas la victoire mais le triomphe. Or, le triomphe ne s'assouvit ni dans la victoire ni dans la mise à mort: son élément est le cri public, le défilé, le jeu, la vision du sang versé et la possibilité de la grâce.

Le cri, j'entends ce qu'il est. Le sang, je perçois ce qu'il est. Qui est la grâce?

Capítulo III

Pórcio Latrão tinha inclinação pelas florestas, montanhas, torrentes, pelo odor e calor dos cavalos e pelos guinchados. Se ele duvidava que a razão fosse racional, ele contestava que ela fosse até mesmo sensata. Sêneca, o Velho, guardou um fragmento de diálogo:

"– Tu sabes do que é originária a inteligência?

– A inteligência é originária do desejo de luta.

– Nesse caso, se a inteligência fornece os meios de combater o outro, a vitória é o seu objetivo, e não a verdade.

– Não, o destino de um argumento não é a vitória, mas o triunfo. Ora, o triunfo não se satisfaz na vitória nem na morte: seu elemento é o grito público, o desfile, o jogo, a visão do sangue derramado e a possibilidade da graça.

– Compreendo o que é o grito. Percebo o que é o sangue. Quem é a graça?

Gracier ne veut pas dire: "Je donne la vie" mais: "Je suis puissant au point de pouvoir prononcer ou retenir la mort"."

La pensée désespérante de Porcius Latron témoigne plus que toute autre – plus que la pensée de Lucrèce ou celle de Tacite – de la réalité romaine.

Il est possible que les guerres européennes de 1914 et de 1940 aient rendu peu convaincante la distinction entre civilisation et non-civilisation. Elles ont en tout cas éteint la possibilité d'opposer rationalité et désordre meurtrier. Peu de pensées dans l'histoire sont convenues que la raison et la civilisation ne se sont jamais vraiment éloignées des forces sauvages auxquelles elles servent de masque pour s'accroître. Peu de civilisations sont allées jusqu'à aimer cette pensée désagréable qui ruinait beaucoup d'idées avantageuses: il y eut la Chine ancienne, il y eut Rome et, dans Rome, Cinna, César, Latron. Ce dernier a mis sur pied une des rares pensées qui est propre à la Rome antique – qui même la caractérise en regard des œuvres théoriques grecques d'Athènes ou d'Alexandrie – encore qu'il l'ait poussée dans ses conséquences les plus choquantes. Les professeurs des universités modernes, comme les rhéteurs des cités antiques, tous nourris de culture grecque, ne se sont jamais beaucoup plu à la mettre en

– Agraciar não quer dizer: 'Eu dou a vida', mas: 'Sou poderoso a ponto de poder decretar ou deter a morte'."

O pensamento desesperado de Pórcio Latrão dá testemunho mais do que outro qualquer – mais do que o pensamento de Lucrécio ou aquele de Tácito – da realidade romana.

É possível que as guerras europeias de 1914 e de 1940 tenham tornado pouco convincente a distinção entre civilização e não civilização. Elas extinguiram, em todo caso, a possibilidade de opor racionalidade e desordem assassina. Poucos pensamentos na História admitem que a razão e a civilização nunca se distanciaram verdadeiramente das forças selvagens às quais elas servem de máscara para, assim, se desenvolverem. Poucas civilizações chegaram a gostar desse pensamento desagradável que destruía muitas ideias vantajosas: houve a China antiga, houve Roma, e, em Roma, houve Cina, César, Latrão. Este último ergueu um dos raros pensamentos próprios da Roma antiga – que chega mesmo a caracterizá-la, quando comparado às obras teóricas gregas de Atenas ou de Alexandria –, ainda que ele o tenha levado às mais chocantes consequências. Os professores das universidades modernas, como os retóricos das cidades antigas, todos nutridos de cultura grega, nunca tiveram prazer em

valeur. Mais jamais la pensée de Latron, en dépit des lubies et de la légère démence qui le prit à la fin de sa vie, ne fut véritablement critiquée dans l'école. Il conserva, y compris après l'exil, l'affection populaire.

valorizá-lo. Entretanto, apesar da extravagância e da leve demência que o tomou no final de sua vida, o pensamento de Latrão nunca foi verdadeiramente criticado na escola. Ele conservou, inclusive após o exílio, a afeição popular.

Chapitre IV

Varron avait multiplié les écrits et les satires où il mettait en scène les anciens Romains faisant des gorges chaudes aux Grecs sur leurs mœurs, sur l'invention de la philosophie, l'idée du vide, les procédés de la dialectique, les facilités de la raison. Varron fait dire à un des personnages de ses romans: "Les philosophes sont des Sirènes qui se querellent tandis qu'Ulysse passe." Latron estimait que même Varron, même Lucrèce avaient été intimidés par le souvenir des Grecs. Les œuvres des Achéens et de leurs descendants étaient pénétrées de l'idée que les dieux s'exprimaient en langue grecque. Leur langue, qu'ils appelaient "logos", et leur raison, qu'ils appelaient du même nom, était parlée ou estimée dans l'Olympe aussi bien que sur les pentes et dans les gorges du Ténare. Les anciens Romains ne perdirent jamais le souvenir d'une origine plus

Capítulo IV

Varrão havia multiplicado os escritos e as sátiras em que colocava em cena os antigos romanos zombando abertamente dos gregos e de seus costumes, da invenção da Filosofia, da ideia do vazio, dos procedimentos da dialética, das facilidades da razão. Varrão fez dizer uma das personagens de seus romances: "Os filósofos são sereias que querelam enquanto Ulisses passa". Latrão estimava que mesmo Varrão, mesmo Lucrécio, tinham sido intimidados pela lembrança dos gregos. As obras dos Aqueus e de seus descendentes estavam impregnadas da ideia de que os deuses se exprimiam em língua grega. A sua língua, que chamavam "logos", e a sua razão, que chamavam pelo mesmo nome, era tanto falada ou estimada no Olimpo quanto nas encostas e nas gargantas do Tênaro. Os antigos romanos nunca se esqueceram da origem mais

complexe et plus sale des mots dont ils usaient. Ils avouaient sans honte que leur langue s'était formée comme leur ville: un bout de bois, un morceau de pierre, un homme et la crainte de la pluie.

Latron disait que "ratio" et "affectus" ne pouvaient se démêler l'un de l'autre – plus précisément: "in ratione habere aliquem locum affectus" – , que l'une était suspendue à l'autre parce qu'elle en avait été précédée et, finalement, que la "réflexion rationnelle était peut-être ce qu'on avait fait de plus sentimental".

Il disait que nous avons accoutumé de susciter dans nos vies des peurs qui faisaient l'office de petits murets, des pensées qui étaient comme des refuges de planches dans la montagne, des livres pour se soustraire à l'heure actuelle et des lits pour se recroqueviller dans le sommeil et les plumes des canards.

Il s'agit là encore d'un de ces "heurts de Marcellus" dont Latron était prodigue.

J'ai retrouvé rarement ce mouvement de pensée qui animait Latron. Ce sont quelquefois des anecdotes qui se ressemblent. Pour Archimède, pour Pascal, pour Wittgenstein, les mathématiques furent une diversion à l'incendie, à la douleur physique, au désir homosexuel. Archimède était si acharné à résoudre un problème

complexa e mais suja das palavras que utilizavam. Admitiam, sem vergonha, que a sua língua havia se formado como a sua cidade: um pedaço de pau, um pedaço de pedra, um homem e o medo da chuva.

Latrão dizia que "ratio" e "affectus" não podiam separar-se um do outro – mais precisamente: "In ratione habere aliquem locum affectus" –, que um estava suspenso ao outro porque o último havia precedido a primeira, e, finalmente, que a "reflexão racional era, talvez, o que se tinha feito de mais sentimental".

Ele dizia que nos habituamos a suscitar em nossas vidas medos que funcionavam como pequenos parapeitos, pensamentos que eram como refúgios de madeira na montanha, livros para se distrair da hora atual e camas para se encolher no sono e as plumas dos patos.

Trata-se, novamente aí, de um desses "contrastes bruscos de Marcelo", dos quais Latrão era pródigo.

Raramente encontrei esse movimento de pensamento que animava Latrão. Algumas vezes, são pequenos fatos que se assemelham. Para Arquimedes, para Pascal, para Wittgenstein, a Matemática foi uma diversão louca, próxima da dor física, do desejo homossexual. Arquimedes estava tão obcecado em resolver um problema

de géométrie lors du sac de Syracuse, qu'il ne voyait pas la cité brûler ni les cendres blanches et chaudes sur ses mains. C'est le mot de Disraeli étendant l'empire britannique à la terre: "Never explain". Le comte de Beaconsfield aurait pu ajouter: La souveraineté chancelle si on la questionne sur son origine. L'autorité est violente et, pour peu qu'elle feigne de n'avoir ni cause ni source, elle ressemble à Dieu. L'existence de chaque homme remonte à un cri rauque de plaisir dont l'image se présente difficilement. Alain – né Emile-Auguste Chartier à Mortagne – affirmait qu'il ne fallait jamais donner les raisons d'un refus parce que, sitôt qu'on commençait à se justifier, on commençait aussi à cesser de refuser. Je recopie dans la joie pour finir le mot du prince de Ligne sur le génie militaire du duc de Bragance. Don Juan de Bragance avait été général au service de l'Autriche durant la guerre de sept ans. Le prince de Ligne disait qu'il avait eu très souvent raison parce qu'il n'en avait pas supposé à l'ennemi.

de geometria que, durante a pilhagem de Siracusa, ele não viu a cidade incendiar nem as cinzas brancas e quentes sobre as suas mãos. É o comentário de Disraeli expandindo o império britânico na terra: "Never explain". O conde de Beaconsfield teria podido acrescentar: "A soberania vacila se questionarmos sua origem. A autoridade é violenta, e, por menos que ela finja não ter causa ou fonte, assemelha-se a Deus. A existência de cada homem tem sua origem num grito rouco de prazer, cuja imagem dificilmente se mostra". Alain – nascido Emile-Auguste Chartier, em Mortagne – afirmava que nunca se devia dar as razões de uma recusa porque, tão logo se começava a se justificar, começava-se também a parar de recusar. É com alegria que transcrevo, para terminar, as palavras do príncipe de Ligne sobre a genialidade do duque de Bragança. Dom João de Bragança fora general a serviço da Áustria durante a Guerra dos Sete Anos. O príncipe de Ligne dizia que ele quase sempre tinha razão porque não a supunha ao inimigo.

Chapitre V

Alors que Tullius Cicéron déclamait rarement, et devant peu de monde, et en chambre, Porcius Latron parlait volontiers en public: il le faisait en plein air, après convocation, à l'ombre d'un bois d'oliviers qui se trouvait près de sa maison. Latron travaillait peu, soudainement et longuement: en cinquante heures d'affilée, tout était fait.

L'épouse de Porcius était d'Ombrie. Sa fille avait l'apparence et les attraits d'une vraie Romaine: elle en avait les yeux bleus, les cheveux blonds bouclés ramassés en chignon, les seins épais placés près des aisselles, les hanches et les fesses larges, la peau très blanche, jamais touchée par le soleil, la parole rare et véhémente, les lèvres rouges. Dans sa villa du Viminal, il entendait le bruit des fers des chevaux sur la voie Tiburtine au loin, et les hennissements. En – 24,

Capítulo V

Ao contrário de Túlio Cícero, que raramente declamava, e sempre diante de pouca gente, em lugar fechado, Pórcio Latrão falava com prazer em público: ele o fazia ao ar livre, após ser chamado, à sombra de um bosque de oliveiras que ficava perto de sua casa. Latrão trabalhava pouco, de maneira súbita e demorada: em cinquenta horas ininterruptas, tudo estava pronto.

A esposa de Pórcio era da Úmbria. Sua filha tinha a aparência e os atrativos de uma verdadeira romana: olhos azuis, cabelos louros e cacheados, presos a um coque, seios fartos que iam até as axilas, quadris e nádegas largas, pele muito branca, jamais tocada pelo sol; sua fala era rara e veemente, os lábios, vermelhos. De sua *villa* do Viminal, Latrão ouvia o barulho dos estribos dos cavalos no caminho de Tiburtino, ao longe, e também os seus guinchados. No ano 24 a.C.,

c'est l'ambassade des princes d'Inde. Dans ces années-là, il se prit à chanter chaque aube une vieille chanson au refrain lancinant: "Semper! Semper!" (Toujours! Toujours!) La tête commençait à lui tourner alors.

La chasse était sa passion favorite et elle l'emportait sur le goût qui le portait aux livres et au jeu de dés. Avant chaque battue, au crépuscule, la veille de la chasse, avant de préparer les épieux et de prendre soin des chevaux, il allait dans la forêt écouter le brame. Les longs cris de désir, les longs cris de douleur à force de désir, très caverneux et très rauques, et qui surgissaient aussi imprévisiblement qu'ils s'interrompaient net, descendaient des collines, glissaient dans la vallée et le plongeaient dans un état qu'il comparait à celui que cause l'orage avant qu'il explose. Il allait vers les brames, les cerfs, les grandes queues tendues. Il cherchait à assister au combat de préséance auquel les raiements appelaient.

C'est à peu près dans ce temps-là qu'il souhaita s'éloigner du Viminal et des collines les plus urbaines. Il trouva à se rapprocher du Tibre, plus loin que le mont Pincius, au nord de la Porta Flaminia. Il ne voulut plus qu'une cabane de pierres plates sans mortier, avec deux pièces sans fenêtres. Sa femme et sa fille l'avaient déjà quitté. Il mit deux ans à faire recouvrir la

é a embaixada dos príncipes da Índia. Naqueles anos, ele se pegou cantando, todas as madrugadas, uma velha canção com um refrão lancinante: "Semper! Semper!" (Sempre! Sempre!). Sua cabeça se punha então a girar.

A caça era sua paixão favorita, e ela predominava sobre o seu gosto pelos livros e pelo jogo de dados. Antes de cada caçada, ao crepúsculo, às vésperas da caça, antes de preparar as lanças e de cuidar dos cavalos, Latrão ia à floresta escutar os guinchados. Os longos gritos de desejo, os longos gritos de dor causados pelo desejo, muito cavernosos e muito roucos, que surgiam tão imprevisivelmente quanto se interrompiam de repente, desciam das colinas, escorriam pelos vales e o mergulhavam num estado que ele comparava àquele que a tempestade provoca antes de sua explosão. Ele ia em direção aos guinchados, aos cervos, aos grandes rabos tesos. Ele procurava assistir, com exclusividade, ao combate para o qual os rastros dos animais chamavam.

Foi mais ou menos nesse tempo que Pórcio Latrão desejou afastar-se do Viminal e das colinas mais urbanas. Ele achou um jeito de se aproximar do Tibre, mais além do monte Pincio, ao norte da Porta Flamínia. Não quis mais do que uma cabana de pedras lisas sem argamassa, com dois cômodos sem janelas. Sua mulher e sua filha já o haviam abandonado. Ele levou dois anos para cobrir a

cahute de tuiles neuves et jaunes. Il offrait à qui venait (il avait beaucoup d'élèves) des raisins écrasés et du pain noir. Le sol était sans pavement: il mettait des tapis de laine sur la terre pour s'asseoir. Il abandonna la toge et vécut avec une tunique blanche, plus un morceau de laine grise qu'il mettait sur ses épaules (ce qu'on nommait au XIXe siècle un schall). Il arrêta de se brûler la barbe chaque matin: un court tissu blanc lui envahit le visage. De la porte de la maison, des touffes de joncs secs lui dérobaient la vue du fleuve mais non le lent bruit des eaux qui roulent. C'est de cette époque que datent les formules provocantes qu'il affectionnait et qui plaisaient: "Rechercher la vérité revient à monter à cheval pour pénétrer dans la corolle d'une fleur. Où est la justice ailleurs que dans la faim qui écarte les lèvres de la louve, maîtresse de Rome, au moment où elle hurle?" En vieux français on ne disait hurler que du loup, comme miauler pour les chats, ou baver pour les hommes. Les jeunes gens aimaient entendre les mots de Porcius. Il disait des philosophes: "A la sagesse je ne connais pas de remède." Il existe plusieurs versions de ces formules de Porcius Latron. Par exemple: "La chose publique est un caleçon de lin sur une mentule", ou encore: "Nous fientons. Nous pissons. Nous désirons la tiédeur des vulves des

cabana com telhas novas e amarelas. Oferecia a quem viesse (ele tinha muitos alunos) uvas amassadas e pão preto. O chão não era calçado: ele colocava tapetes de lã sobre a terra para se assentar. Abandonou a toga e viveu com uma túnica branca e um pedaço de lã cinza que colocava sobre os ombros (o que no século XIX era chamado "xale"). Parou de queimar a barba todas as manhãs: um ralo tecido branco invadia-lhe o rosto. Da porta da casa, tufos de juncos secos roubavam-lhe a visão do rio, mas não o lento barulho das águas que escorrem. É dessa época que datam as formulações provocantes das quais gostava e que agradavam: "Buscar a verdade é como montar a cavalo para penetrar na corola de uma flor. Onde está a justiça senão na fome que abre os lábios da loba, senhora de Roma, no momento em que ela uiva?"

Em francês arcaico, dizia-se uivar apenas para o lobo, como miar para os gatos, ou balbuciar para os homens. Os jovens gostavam muito de ouvir as palavras de Pórcio. Ele dizia dos filósofos: "Não conheço remédio para a sabedoria". Existem várias versões dessas fórmulas de Pórcio Latrão. Por exemplo: "A coisa pública é uma cueca de linho sobre um pênis", ou ainda: "Defecamos. Urinamos. Desejamos o calor das vulvas das

femelles. Deux fois au cours de ma vie j'ai pensé à des questions d'intérêt général mais ces deux fois étaient des fantômes." Lors de l'organisation des comptoirs, il dit à un sage qui venait de la vallée de l'Indus et qui lui exposait ses actions de charité et de respect humain: "Vous êtes si bon que je pense que vous devez vous leurrer." Il disait aussi: "Nul n'est bon volontairement."

fêmeas. Duas vezes ao longo de minha vida pensei em questões de interesse geral, mas essas duas vezes eram fantasmas".

Durante a organização dos balcões de comércio, ele disse a um sábio que vinha do Vale dos Hindus e que lhe expunha as suas ações de caridade e de respeito humano: "Sois tão bom que penso que vos enganais". Ele afirmava também: "Ninguém é bom voluntariamente".

Chapitre VI

Lucius Junius Gallion devint sénateur. Porcius Latron ne devint rien. Sur le bord de la rive, devant la cabane de pierres sèches, les inondations et la pluie avaient mis à nu des gros caïeux qui sortaient de terre. Derrière la maison, il y avait un bois d'oliviers et un champ planté de froment moissonné, et dont les foins piquaient, s'introduisant entre la peau et le cuir des sandales. Plus loin s'étendaient la vigne et la plaine.

Il faisait payer cher ses cours. Il achetait des chevaux. Il consacrait le meilleur de son temps à la chasse. Il montait souvent un petit cheval pommelé et se faisait accompagner par Cupiennius. Un jour, en – 19, il lança à huit reprises le javelot et tua cinq fois, dont un cerf au bois dégénéré. Il le nota en lettres grecques à la base du massacre qu'il fit scier. Le bois présentait une dissymétrie: un côté était la réduction à trois

Capítulo VI

Lúcio Júnio Galião tornou-se senador. Pórcio Latrão nada se tornou. Às margens do rio, diante da cabana de pedras secas, as inundações e a chuva tinham exposto grandes bulbos que saíam da terra. Atrás da casa havia um bosque de oliveiras e um campo de trigo ceifado, cujos fenos machucavam quando se introduziam entre a pele e o couro das sandálias. Mais adiante, estendiam-se a vinha e a planície.

Latrão cobrava caro por suas lições. Ele comprava cavalos. Ele dedicava o melhor de seu tempo à caça. Montava sempre um pequeno cavalo malhado e se fazia acompanhar por Cupiênio. Um dia, no ano 19 a.C., ele jogou oito vezes a lança e acertou cinco, matando inclusive um cervo de chifres deformados. Anotou a matança com letras gregas na base do chifre que mandou serrar. A madeira apresentava uma dissimetria: um lado era três

pour un de celui qui lui faisait face. La reproduction en était aussi maladroite que chétive et formait un signe qui ressemblait à la lettre sigma. C'est le 21 septembre – 19 que, couvert de sueur, de retour de Grèce, débarqué de Brindes, âgé de cinquante et un ans, Virgile mourut en suffoquant au cours d'une toux.

Cupiennius souhaitait que les femmes se lavent avant le coït et exigeait qu'elles voilent leurs parties à l'aide d'un voile blanc.[c] Il ne souffrait pas de les voir tout à fait nues. Tout Rome se moquait de la manie sexuelle de Cupiennius. Il disait qu'il ne pouvait bander que s'il pouvait les prendre avec un peu de laine blanche entre les cuisses. Ce sont les tout débuts de l'amour courtois. On trouve la source de la manie sexuelle de Cupiennius dans Horace (*Satires*, I, 2). Porcius disait que Cupiennius agissait ainsi parce que son ami prenait les femmes allongées sur le dos. Il disait qu'on ne pouvait pas faire imaginer à un bœuf de faire l'amour avec une vache allongée sur le dos. Porcius Latron prenait les femmes à la mode ancienne, "more ferarum" (à quatre pattes, mot à mot: "selon la coutume des bêtes sauvages"), et il disait qu'il avait besoin de sentir avec le nez leurs parties génitales parce qu'il voyait mal.

Quand sa femme demanda le divorce et porta l'affaire devant le tribunal, sa fille le quitta.

vezes menor do que o outro. A reprodução do feito era tão desajeitada quanto débil; ela formava um signo que parecia a letra sigma. Foi em 21 de setembro do ano 19 a.C., coberto de suor, de volta da Grécia, recém-chegado de Brindes e aos cinquenta e um anos, que Virgílio morreu sufocado durante uma tosse.

Cupiênio gostava que as mulheres se lavassem antes do coito e exigia que elas escondessem suas partes íntimas com um véu branco.[c] Ele não suportava vê-las totalmente nuas. Toda Roma zombava da mania sexual de Cupiênio. Ele dizia que não conseguia ter ereção se não penetrasse as mulheres com um pouco de lã branca entre as coxas. É o início do amor cortês. Encontramos a origem da mania sexual de Cupiênio em Horácio (*Sátiras*, I, 2). Pórcio alegava que Cupiênio agia assim porque seu amigo penetrava as mulheres deitadas de costas. Ele dizia ser impossível imaginar um boi fazendo amor com uma vaca deitada de costas. Pórcio Latrão penetrava as mulheres à moda antiga, "more ferarum" (de quatro, literalmente: "segundo o costume dos animais selvagens"). Ele dizia que precisava cheirar as partes genitais das mulheres porque enxergava mal.

Quando sua mulher pediu o divórcio e levou a questão aos Tribunais, sua filha o deixou.

Il aimait taper avec une cuiller sur la vaisselle. Ses insolences, débitées sur le ton le plus grave, révoltaient ses proches autant qu'elles enthousiasmaient ses élèves. Après que sa fille eut quitté la demeure, il fit la cour aux sénateurs. Il errait de patron en patron à l'heure de la sportule, accompagné par Cupiennius. Ils disaient: "Pourquoi les femmes ne portent-elles pas de culotte sur leur visage?" Une saison durant, tous les matins à la porte des patrons les plus influents de Rome, Cupiennius et Porcius insistèrent pour que le Sénat se réunît et adoptât une loi qui voilât la face des femmes. Quatre matrones que leur propos scandalisait s'assemblèrent pour les faire déporter à l'une ou l'autre extrémité de l'empire. Ce furent la vieille Livie et Auguste eux-mêmes qui durent intervenir pour suspendre la mesure d'exil qu'elles avaient obtenue. Auguste citait volontiers ce mot de Porcius: "Mon corps est un ru de boue qui n'est pas continu. Ma demeure est un amas de cailloux qui tient debout par hasard. Ce que j'ai inscrit ce matin sur mon morceau de buis est moins personnel que ce que la bave lumineuse de l'escargot a noté sur sa feuille de laitue." Il est vrai que l'empereur aimait se rafraîchir avec des tranches de concombre ou des feuilles de salade, quelles qu'elles fussent, sans qu'on les préparât, à l'improviste, dans la crainte qu'il y eût du poison

Ele gostava de bater nas vasilhas com uma colher. Suas insolências, recitadas no mais grave tom, revoltavam os seus próximos da mesma forma que entusiasmavam os seus alunos. Depois que sua filha deixou a casa, ele cortejou os senadores. Errava de patrão em patrão na hora da espórtula, acompanhado de seu amigo Cupiênio. Eles diziam: "Por que as mulheres não usam calcinhas no rosto?" Durante toda uma estação, todas as manhãs, à porta dos mais influentes patrões de Roma, Cupiênio e Pórcio insistiram para que o Senado se reunisse e adotasse uma lei que velasse o rosto das mulheres. Quatro matronas, escandalizadas com essas falas, reuniram-se para fazer com que eles fossem deportados para uma ou outra extremidade do império. A velha Lívia e Augusto tiveram que intervir pessoalmente para suspender a medida de exílio que as matronas haviam obtido. Augusto citava, com prazer, esta fala de Pórcio: "Meu corpo é um riacho de lama descontínuo. Minha casa é um amontoado de cascalho que está de pé por acaso. O que inscrevi essa manhã sobre meu pedaço de buxo é menos pessoal do que a baba luminosa que o caracol anotou sobre a sua folha de alface". É verdade que o imperador gostava de se refrescar com fatias de pepino ou folhas de alface, quaisquer que fossem elas, sem que fossem preparadas, de improviso, com medo de ser envenenado

s'il avait fait avertir qu'il mangerait. C'est en – 15 qu'Auguste institua l'étalon-or.

En – 13, Seneca quitta Rome et regagna l'Espagne. Porcius Latron était présent au banquet d'adieu. Ils entendaient les chevaux piaffer dans l'écurie. Ils n'étaient guère bavards. Ils se serrèrent l'avant-bras en silence.

caso dissesse o que iria comer. Foi no ano 15 a.C. que Augusto instituiu o estalão de ouro.

No ano 13 a.C., Sêneca deixou Roma e voltou para a Espanha. Pórcio Latrão estava presente no banquete de despedida. Eles ouviram os cavalos patear na estribaria. Não estavam muito falantes. Serraram o antebraço em silêncio.

Chapitre VII

Latron détestait la mollesse, la culture grecque, la musique, les dieux et le sucre. Il prenait son vin aigre, sans l'allonger de miel ni de neige tassée et conservée dans la terre. Il repoussait les visites. Il parlait de moins en moins. Il restait sur la rive, entre les nuages, les joncs, la poussière sablonneuse et les fleurs. Il aimait tendre la main en avant et faire écouter le silence. Il semble qu'il ait habité un morceau de rive plus silencieux que d'autres. On entendait à un mille le bruit de la navette d'une femme. On entendait à deux milles un chien qui jappait aux portes de Rome. L'attaque et le coup de queue d'un chevesne ou d'un brochet paraissaient de grands vacarmes. Les cris des mouettes, le coassement d'une grenouille, la poussière de sang du crépuscule dans l'air, tout prenait au bout du champ, sur la berge de Porcius, une intensité inhabituelle.

Capítulo VII

Latrão detestava a moleza, a cultura grega, a música, os deuses e o açúcar. Tomava seu vinho acre sem acrescentar mel ou neve comprimida conservada na terra. Mandava embora as visitas. Falava cada vez menos. Ficava às margens do rio, entre as nuvens, os juncos e a poeira arenosa das flores. Gostava de estender a mão à frente e escutar o silêncio. Parece que viveu numa margem mais silenciosa que outras. Ouvia-se, a uma milha, o barulho do vaivém de uma mulher. Ouvia-se, a duas milhas, um cachorro que latia às portas de Roma. O ataque e o movimento de rabo de um robalinho ou de um lúcio pareciam grandes algazarras. Os gritos das gaivotas, o coaxo de uma rã, a poeira de sangue do crepúsculo no ar, tudo tomava, na extremidade do campo, sobre a margem de Pórcio, uma intensidade inabitual.

Il ne possédait pas de puits. Il s'approchait de l'eau. Il posait son genou dans la terre boueuse, portait la main sur la surface du fleuve et buvait une portion du Tibre. Il était fier d'un peuplier qu'il soignait. L'ombre que l'arbre portait sur la rive était faible et étroite mais au couchant elle suffisait à abriter des derniers rayons brûlants du soleil le volume d'un homme. Porcius aimait à se glisser dans son ombre et à attendre que la nuit descende. Il disait: "Cette eau jaune qui coule, ce peuplier, la grenouille qui saute, le chevesne qui chasse, un bruit lointain d'abois et d'enfants qui se mouillent en lançant des gouttes d'or sur l'ombre des feuillages, mon pied qui pénètre l'eau: quand le bonheur commence à venir, la phrase perd toute extrémité. Elle n'a pas plus de verbe que de fin."

Sénèque dit que deux fois par jour il se dénudait dans les roseaux jaunes et verts, se trempait dans l'eau, s'ébattait comme un petit enfant. Il se branlait sur la surface du Tibre et jouait du reflet de sa mentule sur l'eau sombre. Il disait qu'il prenait un bain dans un souvenir, que le paysage était constant, que seule la peau avait plissé comme celle d'un sexe d'homme qui se recroqueville après qu'il a bandé. Il disait: "Ce ne sont pas des vérités. Ce sont des offrandes." Il disait encore: "La pensée d'un homme s'arrête

Ele não possuía poços. Ele se aproximava da água. Colocava o joelho na terra lamacenta, levava a mão à superfície do rio e bebia uma porção do Tibre. Estava orgulhoso de um álamo do qual cuidava. A sombra da árvore sobre a margem era fraca e estreita, mas, ao poente, ela bastava para abrigar dos últimos raios quentes do sol o volume de um homem. Pórcio gostava de se deitar sob sua sombra e esperar que a noite caísse. Ele dizia: "Essa água amarela que escorre, esse álamo, a rã que salta, o lúcio que caça, um barulho longínquo de latidos e de crianças que se molham lançando gotas de ouro na sombra das folhagens, meu pé que penetra a água: quando a felicidade começa a chegar, a frase perde toda a sua medida. Ela não tem verbo nem fim".

Sêneca diz que duas vezes por dia ele se desnudava nos juncos amarelos e verdes, entrava na água e se divertia como uma criancinha. Masturbava-se na superfície do Tibre e brincava com o reflexo de seu pênis sobre a água escura. Ele dizia tomar banho em uma lembrança, que a paisagem era constante, que somente a pele havia enrugado como aquela de um sexo de homem que se encolhe depois da ereção. Ele dizia: "Não são verdades. São oferendas". Ele dizia, ainda: "O pensamento de um homem se interrompe

là où le soleil le surprend." Dans Sénèque: "Les œuvres de l'esprit étaient des choses qui inspiraient un grand respect à Porcius Latron. Mais, plus que les livres, les monuments, les fresques ou les guerres, l'argumentation rationnelle lui paraissait la chose la plus digne d'être admirée par les citoyens. Il disait que la rationalité se ressentait toujours de son origine qu'il comparait à un stratagème de chasseur. L'esprit et ses œuvres n'étaient à ses yeux qu'un morceau de la nature qu'il présentait sous la figure d'une branche d'arbre qui se serait trouvée perdue parmi toutes les autres branches et les feuilles. La raison n'était au regard de l'arbre qu'un petit bourgeon compliqué et sanglant. L'ordre de la pensée, de la cité et des mœurs des habitants des cités était lui-même logique et précaire. Si on saisit ce qui germe dans le cerveau dans son enfance, disait Porcius, c'est une petite chose sans autonomie. Si on la perçoit dans sa maturité, ce qui n'était qu'un nœud de cheveux embrouillés, est devenu un tapis assujetti de toutes parts aux brins et aux soies de la saison, de l'ensommeillement, de la digestion, de la famille, de la cité et du siècle sur lesquels le tapis tire beaucoup de sa ressource sinon son dessin. Il disait: "La raison n'offre aucun avantage ni surabondance au contraire des fonctions que peuvent remplir les dents, la

ali onde o sol o surpreende". Na obra de Sêneca encontra-se: "As obras do espírito eram coisas que inspiravam um grande respeito em Pórcio Latrão. Porém, mais do que os livros, os monumentos, os afrescos ou as guerras, a argumentação racional lhe parecia a coisa mais digna de ser admirada pelos cidadãos". Ele dizia que a racionalidade ainda se ressentia de sua origem, que ele comparava a um estratagema de caçador. O espírito e suas obras não eram, a seu ver, senão um pedaço da natureza que ele apresentava sob a forma de um galho de árvore que teria sido encontrado perdido entre todos os outros galhos e folhas. Comparada à arvore, a razão não passava de um botãozinho complicado e agressivo. A ordem do pensamento, da cidade e dos costumes dos habitantes das cidades era, ela mesma, lógica e precária. Quando se descobre o que germina no cérebro durante a infância, dizia Pórcio, [vê-se] que é uma coisinha sem autonomia. Quando a percebemos na maturidade, o que não passava de um nó de cabelos embaraçados, tornou-se um tapete assujeitado por todos os lados às hastes e às sedas da estação, da sonolência, da digestão, da família, da cidade e do século, dos quais o tapete extrai muito de seus recursos e até mesmo o seu destino. Ele dizia: "A razão não oferece nenhuma vantagem ou superabundância, ao contrário das funções que podem satisfazer os dentes, a

langue et la salive." Il disait encore: "Quand je vois une lyre, un compas de géomètre, une peau roulée pour écrire, un argument construit sous la forme: Si a... alors b..., je pleure d'émotion en me disant à moi-même: Comme ces choses sont touchantes!" Il pensait aussi que les cités des hommes avaient bâti un empire qui portait sur la vapeur qui se dresse parfois sur la surface de l'air un mirage inutile. Il y avait des hommes qui croyaient que le temps avait un sens, l'espace une direction, la vie humaine une nécessité, l'univers un destin, le sang qui coule une cause, l'infini une mâchoire! Il disait que dans cet empire, qui était un reflet peuplé d'ombres, les hommes qui croyaient que la pensée était une connaissance désintéressée ne voyaient pas combien ils étaient intéressés à ce désintérêt. Il disait: "Ce sont des ombres qui avancent aux pieds des enfants, des oies, des arbres, des femmes et des cabarets à vin où vont les mariniers. Je ne regarde pas les êtres ni les couleurs mais cette tache mouvante et brune qui les accompagne. J'écoute le doux déplacement des ombres sur les caïeux et le sable du chemin et sur les herbes et les épis qui le bordent. Comme tous les jours, la lumière puis la lueur du soleil ne cessent de diminuer puis d'allonger ces taches qui sont comme des taies sur l'œil qui se déplacent. J'allais jadis sur les bords du Tibre:

língua e a saliva". Ele dizia ainda: "Quando vejo uma lira, o compasso de um matemático, uma pele enrolada para escrever, um argumento construído sob a forma: Se a..., então b..., choro de emoção dizendo para mim mesmo: como essas coisas são emocionantes!" Ele pensava também que as cidades dos homens haviam construído um império que transportava no vapor que, às vezes, se ergue na superfície do ar, uma miragem inútil. Havia homens que acreditavam que o tempo tinha um sentido; o espaço, uma direção; a vida humana, uma necessidade; o universo, um destino; o sangue que corre, uma causa; o infinito, uma mandíbula! Ele dizia que nesse império, que era um reflexo povoado de sombras, os homens que acreditavam que o pensamento era um conhecimento desinteressado, não viam o quão interessados eles eram nesse desinteresse. Ele dizia: "São sombras que avançam aos pés das crianças, dos gansos, das árvores, das mulheres e dos cabarés de vinho, aonde vão os marinheiros. Eu não olho os seres nem as cores, mas essa mancha movediça e escura que os acompanha. Eu escuto o suave deslocamento das sombras sobre os bulbos e a areia do caminho, sobre as ervas e as espigas que o bordejam. Como todos os dias, a luz e a claridade do sol não param de diminuir e de aumentar essas manchas, que são como belidas que se deslocam sobre o olho. Outrora, eu ia para as margens do Tibre:

c'était le fleuve qui passait par Rome. Rome était une ville. Est-ce que vous vous souvenez des filets des pêcheurs, nains comme des insectes, sur la rive? Huit ou dix pêcheurs plus petits que le petit doigt portaient les ombres grises sur leurs épaules et entraient dans l'eau jaune lentement. Plus loin encore, mêlées à la brume d'Ostie, près des nuages, comme des réflexions brouillées sur des miroirs à main de cuivre, une ou deux voiles de chaluts en retard revenaient dans la nuit commençante. A vingt coudées de mon regard une file d'oies marchaient: oies presque jaunes et bordées de rouge. Le Tibre et l'Achéron ne formaient peut-être qu'un fleuve, ou bien tout fleuve s'assemble à l'eau première qui est retenue dans l'utérus des femmes, ou peut-être n'y a-t-il d'autre rive que celle où notre corps se casse dans son reflet sur les matières qui brillent ou dans l'ombre qu'il porte à partir de ses pieds. Ils sont rouges. Ma main aussi, posée sur la balustrade du ponton, est rouge dans le couchant. Sans doute mon visage est-il rouge. Mais rien ne voit mon visage."

era o rio que passava por Roma. Roma era uma cidade. Vocês se lembram das redes dos pescadores, pequenos como insetos, sobre as margens? Oito ou dez pescadores, menores do que o dedinho, traziam as sombras cinzas sobre os seus ombros e entravam lentamente nas águas amarelas. Mais ao longe, misturados à bruma de Óstia, perto das nuvens, como reflexos embaciados sobre espelhos de mão feitos de cobre, um ou dois barcos pesqueiros atrasados voltavam pela noite que caía. A um quilômetro de meu olhar, uma fila de gansos caminhava: gansos quase amarelos e bordejados de vermelho. O Tibre e o Aquerão formavam, talvez, um só rio, ou então, todo rio se junta à água primeira retida no útero das mulheres, ou talvez não haja outra margem além dessa em que nosso corpo se quebra em seu reflexo sobre as matérias que brilham, ou na sombra que ele carrega a partir de seus pés. Eles são vermelhos. Minha mão também fica vermelha quando colocada sobre a balaustrada do pontão, ao poente. Sem dúvida, meu rosto é vermelho. Mas nada vê meu rosto".

Chapitre VIII

Quand son épouse mourut, il acheta un petit tambour tendu de peau à un marchand égyptien. Il tapait et poussait des cris de guerre. Les enfants le suivaient en riant et en gigotant. Auguste le reçut dans sa maison avec une dizaine d'autres déclamateurs. Il semble que la tête lui était déjà déglinguée. "Déclinquer" est un vieux verbe dont usaient les marins du Nord. C'est arracher le "clin", le bordage de la barque, et c'est manquer couler. On ne sait comment la réception et le concours se déroulèrent et même la notice d'Annaeus Sénèque reste muette sur ce point. Toujours est-il que l'empereur ordonna qu'il fût séance tenante éloigné de la Ville.

En − 9, Annaeus Seneca, l'ordre impérial scellé, vint chercher son ami. Porcius Latron ne voulait pas abandonner sa cabane ni ses osiers, ni ses caïeux, ni ses chevesnes. Il fallut l'attacher.

Capítulo VIII

Quando sua esposa morreu, ele comprou de um mercador egípcio um pequeno tambor de pele esticada. Ele batia e soltava gritos de guerra. As crianças, rindo e pulando, seguiam-no. Augusto o recebeu em sua casa com uma dezena de outros declamadores. Parece que sua cabeça já estava destrambelhada (*déglinguée*). "Destrambelhar" (*déclinquer*) é um verbo antigo que os marinheiros do Norte usavam. Significa arrancar o "trambelho" (*clin*), o forro interior da barca; é deixar afundar. Não se sabe como a recepção e o concurso se desenrolaram, até mesmo a notícia de Aneu Sêneca permanece silenciosa sobre esse ponto. Fato é que o imperador ordenou que ele fosse imediatamente afastado da Cidade.

No ano 9 a.C., firmada a ordem imperial, Aneu Sêneca veio buscar seu amigo. Pórcio Latrão não queria abandonar a sua cabana nem os seus salgueiros, nem os seus bulbos, nem os seus robalinhos. Foi preciso amarrá-lo.

On le transporta assis sur son cheval, les mains liées à son bagage. Il revit la terre rouge. Il revit Cordoue et le Guadalquivir. La galère qui les avait conduits de Narbonne jusqu'à Palma de Majorque accosta à Malaca. Sur le navire, durant la traversée, il ne mangea que de la friture avec un peu de galette mouillée d'eau. Il réclamait qu'à son arrivée sur la terre d'Espagne on le logeât soit sur la berge d'une rivière soit sur la grève de la mer.

Transportaram-no sobre o seu cavalo, com as mãos atadas à bagagem. Ele reviu a terra vermelha. Ele reviu Córdoba e Guadalquivir. A galera que os havia conduzido de Narbona até Palma de Maiorca acostou em Málaga. No navio, durante a travessia, ele comeu apenas fritada com um pouco de bolacha molhada. Pediu que em sua chegada à terra de Espanha o acomodassem às margens de um rio ou nas areias do mar.

Chapitre IX

Il resta seul durant les cinq dernières années de sa vie dans un bois qui bornait le domaine des Sénèque à huit milles de Corduba. Bien qu'il eût perdu un œil, il chassait encore à l'épieu ou il pêchait. Il commença à tousser parce qu'il ne résistait pas à l'envie de prendre des bains deux fois par jour dans l'eau glaciale qui coulait à quelques pas en descendant du mont. Un matin d'hiver, alors qu'il poursuivait un cerf et qu'il avait voulu traverser à gué un torrent qui dévalait le coteau, l'eau froide lui était venue d'un coup jusqu'à la pointe des seins. Il n'avait pu faire sécher ni sa tunique ni le mantelet de laine qu'il portait et qui dégouttaient. Dans un encaissement du défilé, il tomba nez à nez sur une chèvre qui s'était entravée dans un taillis. Elle regardait autour d'elle en silence. Puis elle bêlait épouvantablement. Il l'écouta bêler. Ce son l'effraya. Il ne se remit pas

Capítulo IX

Latrão ficou sozinho durante os últimos cinco anos de sua vida, morando num bosque que fazia fronteira com a propriedade dos Sêneca, a oito milhas de Córdoba. Embora tivesse perdido um olho, ainda caçava com lança ou pescava. Começou a tossir, visto que não resistia à vontade de tomar banhos duas vezes por dia na água glacial que corria a alguns passos dali, descendo do monte. Em uma manhã de inverno, quando corria atrás de um cervo e quisera atravessar a pé uma torrente que descia pela pequena encosta, a água fria alcançou-lhe, de repente, o peito. Não pôde secar sua túnica nem o casaquinho de lã que vestia; ambos escorriam. Em uma parte mais estreita do desfiladeiro, caiu cara a cara com uma cabra que estava entravada em uma mata de corte. Ela olhava à sua volta, em silêncio. Depois, balia terrivelmente. Ele a escutou balir. Esse som o apavorou. Ele não se refez

du froid qu'il prit à cette occasion. Du moins c'est ce que dit Sénèque le fils (le philosophe), quand il rapporte les circonstances de sa mort.

Il avait planté de la zizanie dans le champ qui était situé derrière sa maison. La zizanie est une plante qui demande beaucoup d'eau et dont il tirait de la farine. Il disait: "Fasse les dieux que mon langage reste vivant!" Il disait aux vachers qui passaient devant chez lui ou aux chasseurs qui imploraient un bol de lait ou qui sollicitaient une balle de paille: "Méfiez-vous de tout homme qui a besoin d'une armoire, d'un système convaincant, d'une femme et d'un balai!"

On le voyait quelquefois au cabaret du domaine. Il jouait aux dés en mangeant des prunes bleues. Un jour, il se coucha et fit un rêve qui l'emplit de terreur et qu'il confia au personnel de la villa en tremblant de tous ses membres: il avait rêvé de son fils mort dans une bataille. Il s'était réveillé couvert de sueur et en larmes, en criant. Il n'avait jamais eu de fils. C'était en – 4. En – 4 avant Jésus-Christ, Jésus-Christ naissait dans une auge, la mère accroupie dans la paille, les cuisses ensanglantées, dans la compagnie d'un bœuf qui beuglait doucement, d'un âne qui hennissait tout bas. C'était à Bayt Lahm, au sud de Jérusalem, en Cisjordanie. C'était en l'an 749 de Rome. Marcus Porcius Latron disait: "Les sentiments

do frio que tomou nessa ocasião. Pelo menos é o que diz Aneu Sêneca, o Jovem (o filósofo), quando ele conta as circunstâncias de sua morte.

Latrão plantou cizânia no campo que ficava atrás de sua casa. A cizânia é uma planta que pede muita água, dela ele tirava farinha. Ele dizia: "Permitam os deuses que minha linguagem permaneça viva!" Dizia aos vaqueiros que passavam em frente de sua casa ou aos caçadores que imploravam uma tigela de leite ou que pediam uma gluma de palha: "Desconfiem de todo homem que precisa de um armário, de um sistema convincente, de uma mulher e de uma vassoura!"

Era visto algumas vezes no cabaré da região. Jogava dados comendo ameixas azuis. Um dia, deitou-se e teve um sonho que o encheu de pavor e que ele contou ao pessoal da casa com o corpo todo tremendo: sonhara com o seu filho morto em uma batalha. Acordara coberto de suor e em lágrimas, gritando. Ele nunca tivera filho. Isso foi no ano 4 a.C. No ano 4 a.C., Jesus Cristo nascia em uma manjedoura; sua mãe estava agachada numa palha, com as coxas ensanguentadas, na companhia de um boi que mugia suavemente, de um asno que relinchava baixinho. Isso foi em Belém, ao sul de Jerusalém, na Cisjordânia. Era o ano romano de 749. Marco Pórcio Latrão dizia: "Os sentimentos

humains dans le monde sont rares. Moi-même il m'arrive d'en éprouver trois ou quatre dans l'année. Mais je ne connais personne autour de moi pour les partager." C'est la sentence de Latron que je préfère à toutes celles qui sont conservées sous son nom.

humanos são raros no mundo. A mim mesmo, acontece-me de experimentar três ou quatro durante o ano. Mas não conheço ninguém à minha volta com quem os possa compartilhar." É a afirmação de Latrão que prefiro a todas aquelas que estão conservadas sob seu nome.

Chapitre X

Annaeus Seneca (le confident et l'ami auquel Auguste avait confié Latron au moment de sa disgrâce, en sorte qu'il regagnât l'Espagne) a fourni une version plus sombre de sa mort. C'était une journée d'hiver lumineuse et chaude. Il était arrivé à cheval par la plaine et se dirigeait vers une fontaine qu'abritait un bosquet. Il descendit de la jument qu'il montait alors et se lava les mains, les bras, la barbe, les cheveux ras dans l'eau courante, en amont de la fontaine. En relevant son visage il remarqua une jeune femme à genoux devant la pierre, à vingt pas de lui, qui battait son linge bruyamment. De sa bouche sortait une haleine matérielle. De son œil unique il se contraignit à regarder, plus haut, le sommet de la colline mais il ne put empêcher que son regard se portât de nouveau sur la jeune femme agenouillée, les fesses larges, frappant du plat de la main les tuniques et

Capítulo X

Aneu Sêneca (o confidente e amigo a quem Augusto confiara Latrão no momento de sua desgraça, de modo que ele voltasse para a Espanha) forneceu uma versão mais sombria de sua morte. Era um dia de inverno luminoso e quente. Ele chegara a cavalo pela planície e se dirigia a uma fonte protegida por um bosque. Ele desceu da égua em que estava montado e, na água corrente, montante, lavou as mãos, os braços, a barba, os cabelos curtos. Ao reerguer o rosto, observou uma jovem ajoelhada diante da pedra, a vinte passos dele, batendo ruidosamente as próprias roupas. De sua boca, saía um hálito voluptuoso. Com seu único olho, esforçou-se para ver, mais alto, o topo da colina, mas não pôde impedir que seu olhar pousasse novamente sobre a jovem mulher ajoelhada, de ancas largas, batendo com a palma das mãos as túnicas e

les toges. Elle accepta de l'accompagner dans sa cabane. Sa cabane sentait le tilleul qu'on y amoncelait jadis et comportait trois pièces. Elle était pleine aussi d'une odeur de cendres: il y avait, creusé à même le sol, un brasier qu'il recouvrait d'une planche. Il flaira la femme et son odeur le satisfit. Elle voulut s'asseoir sur lui, face à lui, et prendre son plaisir en soulevant ses fesses et en s'asseyant tour à tour sur sa mentule. Il eut huit à neuf longs jets de semence qui lui procurèrent un plaisir qu'il n'avait jamais connu. Il chercha à se souvenir du nom de la femme âgée qui l'avait aimé de cette façon quand il sortait de l'enfance et il ne retrouva pas son nom. Il paya la jeune femme et l'interrogea sur les siens. Elle était osque. Il lui proposa de demeurer quelque temps à ses côtés et ils s'entendirent sur un prix élevé: un cheval. Elle demeurait la plupart du temps dans la chambre où ils dormaient. Il sentit peu à peu à la porte de la chambre l'odeur différente de celle qui l'habitait. C'était un relent lourd et sucré et il bandait aussitôt qu'il le reniflait. Sa transpiration elle aussi dégageait une odeur acide qu'il aimait. Elle était paisible. Elle aimait les jacinthes, les petites cloches bleues des jacinthes. La deuxième nuit il s'endormit contre son dos, elle disposa son sexe entre ses fesses et il eut l'impression que la solitude l'avait abandonné.

as togas. Ela aceitou acompanhá-lo em sua cabana. Sua cabana exalava o cheiro da tília que ali fora amontoada outrora e tinha três cômodos. Ela recendia a cinzas: havia ali escavado, no nível do chão, um braseiro que ele cobria com uma prancha. Cheirou a mulher e o seu odor lhe agradou. Ela quis sentar-se em seu colo, de frente para ele, e sentir prazer erguendo as nádegas e sentando sobre o seu pênis, alternadamente. Ele teve entre oito e nove longos jatos de esperma que lhe deram um prazer até então desconhecido. Ele tentou se lembrar do nome da mulher madura que o havia amado daquela maneira quando ele saía da infância, mas não conseguiu. Pagou à jovem e interrogou-a sobre sua família. Ela era osca. Propôs que ficassem um tempo juntos e combinaram um preço alto: um cavalo. Ela passava a maior parte do tempo no quarto em que dormiam. Ele sentiu, pouco a pouco, à porta do quarto, um odor diferente do normal. Era um cheiro pesado e adocicado, e ele tinha ereções imediatamente após senti-lo. A transpiração dela exalava também um odor ácido, do qual ele gostava muito. Ela era mansa. Gostava dos jacintos, dos sininhos azuis dos jacintos. Na segunda noite, ele adormeceu junto às costas da jovem; ela pôs o sexo dele entre as suas nádegas e ele teve a impressão de que a solidão o havia abandonado.

Il se dit que ce devait être un rêve. Comme il ne retrouvait pas le nom de la femme plus âgée qui jouissait comme faisait la fille osque, il prit conscience que sa mémoire étonnante l'avait quitté. Tandis que la jeune femme dormait, il regardait sa tétine dans la lueur de la lampe et la touchait et la trouvait douce sous les doigts. Sénèque rapporte encore deux mots de Porcius Latron: chaque fois, après le plaisir, dans la grande salle au brasier, il s'approchait du miroir fixé au mur de terre, il disait en regardant sa cicatrice, son œil mort, son sourcil blanc: "Pourquoi me trahissez-vous, larmes inopportunes?".[d] On ne sait ce qu'il entendait par le mot "larmes", mais il est vrai qu'on ne le sait de personne. Il dit aussi à son ami, durant les tout derniers jours qu'il vécut: "Pourquoi parler? Quand les lèvres se détachent l'une de l'autre les dents ont si froid." Il mourut à la fin de l'hiver, en – 4. Il avait le sexe humide encore et point tout à fait rabougri. Il se regarda dans le miroir de cuivre. Il vit son œil qui éclatait de bonheur. Il se trancha la gorge d'un coup sec. Le sang gicla avec un bruit de gargouillis. La fille osque s'enfuit avec son cheval et on ne la retrouva pas.

Disse para si mesmo que devia ser um sonho. Como ele não se lembrava do nome da mulher mais velha que gozava como a jovem osca, tomou consciência de que a sua surpreendente memória o abandonara. Enquanto a jovem dormia, ele olhava o bico de seus seios no clarão da lâmpada, tocava-o e o achava suave sob seus dedos. Sêneca reporta ainda duas palavras de Pórcio Latrão: todas as vezes, depois do prazer, na grande sala do braseiro, ele se aproximava do espelho fixado na parede de terra e dizia, olhando sua cicatriz, seu olho morto, sua sobrancelha branca: "Por que me traem, lágrimas inoportunas?".[d] Não se sabe o que ele entendia pela palavra "lágrimas", mas é verdade que ninguém soube dizer. Disse também ao seu amigo, em seus derradeiros dias: "Por que falar? Quando os lábios se separam um do outro os dentes sentem tanto frio". Pórcio Latrão morreu no final do inverno, no ano 4 a.C. Tinha o sexo ainda úmido e totalmente encolhido. Olhou-se no espelho de cobre. Viu seu olho, que brilhava de felicidade. Cortou o pescoço com um golpe seco. O sangue esguichou com um barulho de gorgolejo. A jovem osca fugiu com o cavalo e não foi encontrada.

Notes

a. Le texte établi par H. Bornecque (Paris, Garnier, 1932) donne une version différente: "Vox robusta sed surda, lucubrationibus et neglegentia, non natura infuscata; beneficio tamen laterum extollebatur et quamvis inter initia parum attulisse virium videretur ipsa actione accrescebat. Nullam umquam illi cura vocis execendae fuit; illum fortem et agrestem et Hispanae consuetudinis morem non poterat dediscere: utcumque res tulerat, ita vivere; nihil vocis causa facere, non illam per gradus paulatim ab imo ad summum perducere, non rursus a summa contentione paribus intervallis descendere, non sudorem unctione discutere, non latus ambulatione reparare."

b. Je suis la traduction d'Ernest Maréchal, *Histoire romaine depuis la fondation de Rome jusqu'à*

Notas

a. O texto estabelecido por H. Bornecque (Paris, Garnier, 1932) dá uma versão diferente: "Vox robusta sed surda, lucubrationibus et neglegentia, non natura infuscata; beneficio tamen laterum extollebatur et quamvis inter initia parum attulisse virium videretur ipsa actione accrescebat. Nullam umquam illi cura vocis execendae fuit; illum fortem et agrestem et Hispanae consuetudinis morem non poterat dediscere: utcumque res tulerat, ita vivere; nihil vocis causa facere, non illam per gradus paulatim ab imo ad summum perducere, non rursus a summa contentione paribus intervallis descendere, non sudorem unctione discutere, non latus ambulatione reparare".

b. Sigo a tradução de Ernest Maréchal, *Histoire romaine depuis la fondation de Rome jusqu'à*

l'invasion des Barbares rédigée conformément aux programmes officiels, Paris, Delalain, 1881, p. 414.

c. Mot à mot: "...mirator cunni Cupiennius albi" (Cupiennius qui n'admire qu'un con voilé de blanc).

d. Le texte établi par Mueller ne présente aucun sens. Je préfère lire: "Quid me intempestivae proditis lacrimae?" (Pourquoi me trahissez-vous, larmes inopportunes?)

l'invasion des Barbares rédigée conformément aux programmes officiels. Paris: Delalain, 1881, p. 414.

c. Literalmente: "[...] mirator cunni Cupiennius albi" (Cupiênio que admira somente um sexo velado de branco).

d. O texto estabelecido por Mueller não apresenta sentido algum. Prefiro ler: "Quid me intempestivae proditis lacrimae?" (Por que me traem, lágrimas inoportunas?).

Le Cabinet des lettrés

Ceux qui aiment ardemment les livres constituent sans qu'ils le sachent une société secrète. Le plaisir de la lecture, la curiosité de tout et une médisance sans âge les rassemblent.

Leurs choix ne correspondent jamais à ceux de marchands, des professeurs ni des académies. Ils ne respectent pas le goût des autres et vont se loger plutôt dans les interstices et les replis, la sollicitude, les oublis, les confins du temps, les mœurs passionnées, les zones d'ombre.

Ils forment à eux seuls une bibliothèque de vies brèves. Ils s'entrelisent dans le silence, à la lueur des chandelles, dans le recoin de la bibliothèque tandis que la classe des guerriers s'entre-tue avec fracas et que celle des marchands s'entre-dévore en criaillant dans la lumière tombant à plomb sur les places des bourgs.

O gabinete dos letrados

Aqueles que amam ardentemente os livros constituem, sem saber, uma sociedade secreta. O prazer da leitura, a curiosidade por tudo e uma murmuração antiquíssima os reúnem.

As suas escolhas nunca correspondem com a dos comerciantes, dos professores nem com aquelas das academias. Eles não reverenciam o gosto dos outros e se vão alojar, de preferência, nos interstícios e nas dobras, na solidão, no esquecimento, nos confins do tempo, nos costumes passionais, nas zonas obscuras.

Formam, somente entre eles, uma biblioteca de vidas breves. Eles se leem mutuamente no silêncio, ao clarão das velas, nos cantos da biblioteca, ao passo que a classe dos guerreiros se mata mutuamente, em meio ao tumulto, e aquela dos comerciantes se devora reciprocamente, aos berros, na luz que cai a prumo nas praças dos burgos.

Posfácio

Yolanda Vilela

Ao entrar em contato com a obra de Pascal Quignard, o leitor logo se depara com um grande número de referências a retóricos latinos que chegaram à contemporaneidade sem se fazerem conhecer: Albúcio Silo, Frontão, Latrão, Varrão e o grego Pseudo-Longino, para citar apenas alguns dos representantes de uma linhagem cara a Quignard.

Ao contrário, porém, do que o leitor poderia supor, o escritor francês lança mão da retórica latina menos para destacar a dimensão filosófica ou erudita de sua própria produção literária do que para fundamentar, na Antiguidade Greco-romana, a sua concepção de romance. Mais do que isso. Pelo resgate de retóricos latinos considerados marginais, Quignard faz uma ampla defesa da literatura em detrimento da filosofia.

Para muitos teóricos e críticos, o romance é um produto da modernidade; outros autores, contudo, reconhecem no gênero romanesco uma forma narrativa eminentemente moderna, mas

cujos fundamentos remontariam à Antiguidade. A posição de Pascal Quignard sobre a genealogia do romance se radicaliza e diverge do ponto de vista dos estudiosos que veem, por exemplo, em *D. Quixote de la Mancha*, de Cervantes, a primeira obra propriamente dita do gênero romanesco. As teses quignardianas, ao contrário, encontram ressonâncias com aquelas defendidas por Bakhtin, que já via nas sátiras menipeias – gênero que teria sido introduzido pelo erudito romano Varrão, no século I a.C. – um precursor do romance.

Em *A razão*, Pascal Quignard romanceia a vida do retórico Pórcio Latrão, vida cujos fragmentos teriam sido encontrados na obra da Sêneca, o Velho. Latrão atacou o que os gregos chamavam *logos*, e os latinos, *ratio* (a razão). Como o retórico Albúcio Silo, Latrão teria sido autor de "controvérsias", que podemos definir genericamente como exercícios de retórica. Contudo, as controvérsias das quais Latrão era pródigo aproximavam-se do "elogio paradoxal", isto é, uma forma de elogio que se opunha à tradição retórica que louvava pessoas ou façanhas. O elogio paradoxal surpreendia devido ao caráter inesperado, insólito, do objeto louvado.

Assim, Pascal Quignard apresenta Latrão como uma personagem excêntrica, que expunha os seus paradoxos por meio de fórmulas desconcertantes, tais como: "Aquele que vence

uma controvérsia pode estar enganado. Aquele que argumenta mal pode estar certo"[1] ou "Não conheço remédio para a sabedoria"[2]. Como Albúcio Silo, Pórcio Latrão é apresentado ao leitor como "declamador-romancista" e, nesse sentido, as primeiras páginas de *A razão* são esclarecedoras quanto à concepção quignardiana de romance.

Gostaríamos de chamar a atenção do leitor para o fato de que, mediante as controvérsias de Latrão, Quignard expõe o que ele considera ser uma função determinante do romance: despertar bruscamente o leitor pela aridez do tom, pela rudez do vocabulário e pela rispidez e brevidade da frase. Neste livro, portanto, o elemento surpresa tem função central, pois a técnica de Marulo, à qual Latrão teria aderido, consistia em inserir contrastes acentuados nas declamações a fim de que o ouvinte fosse capturado, tocado. O auditor deve ser atingido no que ele tem de mais íntimo e "indomesticável", para utilizar uma expressão cara a Pascal Quignard.

Na lista dos retóricos latinos resgatados por Quignard, encontra-se também Albúcio Silo, cuja vida é romanceada em *Albucius*. No curto

---

[1] QUIGNARD, P. *La raison*. Paris: Le Promeneur, 1990, p. 13.

[2] QUIGNARD, P. *La raison*. Paris: Le Promeneur, 1990, p. 28.

prefácio do livro, o autor afirma que Caio Albúcio Silo e suas declamações, de fato, existiram, e que somente o ninho em que ele foi colocado e onde adquiriu "um pouco de tepidez, de vida cotidiana, de reumatismos, de histórias, de tristeza"[3] foi inventado. Há, em *Albucius*, passagens igualmente esclarecedoras sobre o ponto de vista de Quignard quanto à função da literatura, de modo geral, e sobre o gesto romanesco, mais particularmente. Aqui, também, a vida de um retórico latino é romanceada com base em fragmentos supostamente encontrados por Quignard nos textos de Sêneca, o Velho. Além de dar forma à vida de Albúcio, Quignard "recria" algumas controvérsias albucianas cujos vestígios teriam sido descobertos por ele. Ao considerar esse livro inteiramente "reconstituído", é possível entrever o valor que Quignard atribui ao lacunar, ao intersticial, ao fragmentário, aspectos que, juntamente com a surpresa, compõem a sua visão de romance.

Quignard se refere também a Albúcio como um "declamador-romancista". Nesse sentido, chama-nos a atenção a equivalência que o autor estabelece entre as expressões "declamador" e "romancista" (ou, se preferirmos, entre os termos

---

[3] QUIGNARD, P. *Albucius*. Paris: Gallimard (Folio), 1990, p. 9.

"declamação" e "romance"). As declamações, como se sabe, pertencem ao estilo oral, ao passo que o romance pertence ao campo da escrita. Porém, em seu resgate da retórica latina, Quignard atribui estatuto de romance ao que pertencia ao estilo oral, isto é, as competições orais às quais se dedicavam os sofistas e a arte declamatória de Albúcio Silo ou de Pórcio Latrão.

Ao que tudo indica, o que está em questão nessas aproximações é muito mais a *função* do romance do que a sua *forma*. Assim, a equivalência feita entre a arte retórica dos declamadores e o romance tal como praticado por Petrônio, por exemplo, teria como ponto comum o fato de dizerem respeito ao "afeto", aqui definido como o que há de mais arcaico e indomesticável no sujeito. O ficcional quignardiano pode, nesse sentido, ser concebido como uma formação do inconsciente, tendo uma estrutura muito próxima de certas noções freudianas tal como o "devaneio" (ou fantasiar), desenvolvido por Freud em *O poeta e o fantasiar*.

Dessa forma, não somente o romance, mas também o conto e o sonho pertencem, para o escritor francês, exatamente ao mesmo universo, e os detalhes que aí se configuram podem não ser verdadeiros, porém são mais verossímeis do que a verdade. Como indica J. L. Pautrot:

Quignard discerne assim nas declamações de Albúcio a prefiguração do romance como forma do informe, um gênero à revelia, onde é recolhido o recalcado da representação nobre, e que é, por essa razão mesma, um discurso revelador, pois os seus sordidíssimos trazem um sentido que ultrapassa a linguagem e se liga aos afetos primários.[4]

Quignard vê, portanto, nas competições orais dos sofistas e na arte declamatória de Albúcio Silo, as funções vitais do romance tal como ele próprio as concebe: trata-se, no romanesco quignardiano, de mostrar um "irreal", uma realidade do imaginário suscetível de tangenciar o real mediante os afetos. Quignard afirma que as *declamatio* exploravam o real segundo três formas: o impossível, o indefensável e o imprevisível. O "real irreal", tal era o objeto psicológico, judiciário e retórico dos romances dos declamadores sofistas. Segundo Quignard, Albúcio sabia despertar as paixões (*affectus*). As pessoas choravam ao ouvi-lo. Riam. Temiam ser abandonadas ao silêncio.

Em outras palavras, alguma coisa é comunicada ao auditor ou ao leitor, alguma coisa que vai

---

[4] PAUTROT. J.-L. *Pascal Quignard ou le fonds du monde.* Amsterdam/New York: Rodopi, 2007, p. 107.

além da capacidade de apreensão conceitual ou linguística. Assim concebido, o romance constitui um receptáculo heteróclito que acolhe as manifestações do inconsciente, o espaço-tempo do romance sendo também o não-tempo do inconsciente. A expressão albuciana segundo a qual os romances abrigariam outra coisa, diferente de um mundo feito de linguagem, vem enfatizar a tese de que há um real em jogo, um real que melhor haveria de se vislumbrar mediante a ficção.

Vale observar que o desinteresse de Quignard pelos debates puramente formais acerca da linguagem foi substituído pela importância que o escritor passou a dar ao imaginário, o pilar de sua ficção. Para ele, portanto, a verdade torna impossível o trabalho de reconstituição efetuado pelo historiador, pois, sob a perspectiva histórica, a narração se vê obrigada a certa saturação. Quanto ao trabalho do escritor, Quignard assegura que, para se obter um efeito de verdade, é preciso manter, o tempo todo, a estrutura lacunar do texto: quanto menos saturado for o texto, maior será a impressão de verdade que se cria e mais tudo se tornará enigmático e passará por verdadeiro.

Para o retórico Albúcio, o romance é o lugar onde se recolhem todos os *sordidissima* desse mundo. Ou seja, o lugar do intermitente, das coisas indignas e das palavras de baixo

calão. *Sordidissima* são também os adultérios, as latrinas, os rinocerontes e a morte de parentes próximos. Com Caio Albúcio Silo, deparamo-nos com uma concepção bastante singular do sórdido, na medida em que os sordidíssimos, que se tornaram a pedra angular da obra ficcional de Quignard, não se reduzem à vileza ou à vulgaridade eventualmente refugada da vida ou da escrita. Ao retomar os *sordidissima* de Albúcio, o escritor francês amplia o alcance dessa noção acrescentando-lhe elementos que vão além da vileza: o sórdido é também o esquecido, o que está na causa do desejo, o marginal e que não se afasta nunca totalmente

> [...] desses farrapos de linguagem, dessas esponjas marinhas impregnadas do léxico mais rasteiro, desses relatos esfarrapados que, incansavelmente, não cessam de colocar nossas vidas à prova, cada hora de nossas vidas, através de uma ruminaçãozinha miserável e atormentada.[5]

Se, com Latrão, o elemento surpresa podia descentrar o sujeito devido ao caráter insólito da enunciação, com Albúcio, o detalhe sórdido,

---

[5] QUIGNARD, P. *Albucius*. Paris: Gallimard (Folio), 1990, p. 73.

sob todas as suas formas, dá lugar privilegiado ao resto, ao que é refugado da tradição. Feitas essas considerações, um breve paralelo pode ser estabelecido entre a técnica romanesca, tal como a concebe Quignard, e a psicanálise em sua função interpretativa, uma vez que o efeito perturbador da surpresa encontra-se nesses dois campos.

No caso da literatura, em particular, sem o elemento surpresa, isto é, na ausência de algo que possa aturdir, dificilmente se pode falar de encontro verdadeiramente literário. Tal é a visão de Quignard. Quanto à técnica psicanalítica praticada por Jacques Lacan, de quem Pascal Quignard é leitor, gostaríamos de lembrar que era feita de imprevisibilidade, de escansões intempestivas, de interpretações que tomavam o sujeito de surpresa. Essas inovações técnicas lacanianas estão, certamente, atreladas a uma concepção do inconsciente que está longe de se reduzir a um reservatório de lembranças ou a um estoque finito de significantes. Jogando com a homofonia, Lacan chegou a traduzir o inconsciente freudiano, *Umbewuste*, por *l'une bévue*, isto é, uma mancada, um tropeço, um equívoco, um lapso. Segundo essa perspectiva, o próprio inconsciente seria da ordem da contingência, e não exatamente uma estrutura cuja função deveria apenas assegurar o campo da linguagem.

O inconsciente teria igualmente dimensão real, ou seja, ele não se prestaria "todo" ao campo do sentido, do deciframento, como é o caso do inconsciente tomado na perspectiva freudiana.

Rhétorique spéculative (Retórica especulativa) é considerado um divisor de águas na extensa obra de Pascal Quignard, uma vez que, nesse livro, o escritor inclui explicitamente a sua produção em uma linhagem não canônica, e ele o faz recorrendo ao retórico latino Frontão e ao grego Pseudo-Longino. Retomaremos sucintamente um dos retóricos mencionados no primeiro ensaio de *Rhétorique spéculative*, a saber, "Frontão", dedicado às relações entre o retórico latino Marco Cornélio Frontão e o imperador Marco Aurélio. Já no primeiro parágrafo do ensaio, Quignard faz uma afirmação contundente:

> Chamo de retórica especulativa a tradição letrada antifilosófica que percorre toda a história ocidental desde a invenção da filosofia. Situo o seu aparecimento teórico em Roma, no ano 139. O teórico dessa tradição foi Frontão.[6]

---

[6] QUIGNARD, P. *Rhétorique spéculative*. Paris: Gallimard (Folio), 1995, p. 13.

Frontão teria sido um dos preceptores do imperador Marco Aurélio, e suas cartas ao jovem imperador consistiam em exortações veementes, verdadeiros apelos com o objetivo de exaltar a "coisa literária" e advertir Marco Aurélio quanto aos engodos da filosofia. Frontão teria se endereçado a Marco Aurélio nos seguintes termos:

> Acontece que o filósofo pode ser impostor e o amante das letras não pode sê-lo. O literário está em cada palavra. Por outro lado, sua investigação própria é mais profunda por causa da imagem.[7]

Ao recorrer aos escritos de Frontão, Quignard esclarece que a sua proposta não consiste em explorar as obras suntuosas e antiquíssimas que precederam a filosofia – sânscritas, mesopotâmicas, chinesas, egípcias, bíblicas, pré-socráticas. Ele considera que as páginas do retórico latino examinadas no contexto desse ensaio são a primeira declaração de guerra que manifesta claramente a existência de uma oposição irreconciliável entre literatura e tradição filosófica. Quignard esclarece:

> Não precisamos nos endereçar ao Oriente, ao taoísmo chinês, ao zen-budismo para pensar

---

[7] QUIGNARD, P. *Rhétorique spéculative*. Paris: Gallimard (Folio), 1995, p. 13.

com mais profundidade ou para nos desfazermos das aporias da metafísica dos gregos, posteriormente da teologia dos cristãos e, finalmente, do niilismo dos modernos: uma tradição constante, esquecida, marginal, porque intrépida, perseguida, porque recalcitrante, nos conduz em nossa própria tradição, vinda do fundo dos tempos, precedendo a metafísica, recusando-a a partir do momento em que ela se constitui.[8]

A expressão "é um literato" não deve, segundo o escritor, ser tomada como um insulto. Para ele, o termo deve, ao contrário, ser inserido no contexto de uma tradição letrada na qual a letra é tomada *à la littera*. Para essa tradição de letrados perseguidos e marginais, na qual se incluem Frontão, Latrão, Albúcio e outros, a *littera* é o órgão próprio do "ente homem". Algumas recomendações do velho preceptor vêm, assim, ilustrar essas afirmações. Frontão exorta Marco Aurélio nos seguintes termos:

> Vá à fonte da filosofia e não à filosofia, repete Frontão a Marco. Nunca deixe que se perca, na filosofia, o ritmo, a voz que nela fala e o *psophos* remanente e emotivo que ela

---

[8] QUIGNARD, P. *Rhétorique spéculative*. Paris: Gallimard (Folio), 1995, p. 18.

conserva. Rejeite suas dissertações deformadas, contorcidas (*sermones gibberosos, retortos*). Pela escolha das palavras, pela novidade do antigo que está no fundo da alma, do arcaico que está no fundo do ímpeto, abandonando-te à investigação própria às imagens, eu te fiz penetrar não apenas no poder (*potestas*), mas na potência (*potentia*) do dizer (*in dicendo*).[9] [...] A Cícero faltam palavras inesperadas, inopinadas (*insperata adque inopinata verba*). Chamo de inesperada a palavra cujo aparecimento surpreende o leitor ou o auditor para além da sua esperança (*praeter spem*), a palavra cuja supressão relegaria ao abandono, a palavra que vem como um rosto de antepassado, a palavra que se ergue como uma *imago* durante o sono.[10]

O imperador Marco Aurélio não se tornou o retórico imaginado por Frontão, uma vez que o seu interesse pela filosofia, mais precisamente pelo estoicismo, prevaleceu. Contudo, os dois homens mantiveram uma correspondência que se estendeu de 139, época em que Marco Aurélio se tornou seu aluno, até 166, ano da morte de Frontão. Essa correspondência fornece detalhes

---

[9] QUIGNARD, P. *Rhétorique spéculative*. Paris: Gallimard (Folio), 1995, p. 27.

[10] QUIGNARD, P. *Rhétorique spéculative*. Paris: Gallimard (Folio), 1995, p. 42-43.

preciosos sobre a vida familiar e pessoal de Marco Aurélio. Ela é, ao mesmo tempo, um testemunho da grande amizade que unia os dois homens, uma amizade que ficou fragilizada em alguns momentos, principalmente por volta de 147, quando Marco Aurélio "se converteu" à filosofia.

A leitura que Quignard propõe dos textos de Marco Aurélio é bastante singular. Para o escritor francês, a obra deixada pelo imperador romano consiste em uma coletânea, em uma lista de imagens vitais, especulativas, associativas, e é sob essa perspectiva que ela deve ser lida. Segundo Quignard, se Marco Aurélio escolheu ler Lucrécio, Epicteto ou Heráclito, é porque as obras desses autores eram as que mais forneciam imagens; ele chega a afirmar que a escrita das imagens efetuada pelo imperador era um exercício mental próximo do romance.

A correspondência entre os dois latinos interessa Quignard na medida em que ele extrai desses textos uma concepção da letra e do literário que vai ao encontro de seu próprio projeto literário, visto que a sua concepção de letra está estreitamente vinculada à natureza e ao próprio *corpo*. Assim, uma das passagens que Quignard isola nos escritos de Marco Aurélio ilustra bem a articulação da letra com o fundo biológico do qual ela nunca se separou. Vejamos:

> Ao assar, o pão se fende em alguns lugares e essas fendas (*diechonta*) se produzem à revelia da arte do padeiro. Os figos muito maduros (*syka ôraiotata*) que se entreabrem igualam-se à oliva apodrecida. A fronte dos leões (*to episkynion tou leontos*), o rosto dos velhos (*gerontos*), a espuma que escapa do focinho dos javalis (*o tôn syôn ek tou stomatos rheôn aphros*) estão longe de serem belos e, no entanto, apresentam um atrativo (*psychagogei*).[11]

Para o imperador Marco Aurélio, as rachaduras que se formam eventualmente sobre o pão e que não foram desejadas pelo padeiro excitam muito mais o apetite do que o resto do pão. "Essas rachaduras são, diz ele, como as goelas escancaradas das feras (*chasmata thèriôn*).[12] Em outras palavras, a coletânea de imagens deixada por Marco Aurélio encontra ressonâncias com a função romanesca e, para Quignard, é assim que ela deve ser relida. Essas imagens (*icônes*) vitais, especulativas, associativas – próximas, portanto, do romance – são o contrário de um *vade-mécum* de filosofia estóica.

---

[11] QUIGNARD, P. *Rhétorique spéculative*. Paris: Gallimard (Folio), 1995, p. 49.

[12] QUIGNARD, P. *Rhétorique spéculative*. Paris: Gallimard (Folio), 1995, p. 20.

Valendo-se da leitura de Frontão e Marco Aurélio, Quignard propõe a seguinte definição de literatura: "A *litteratura* é o cuidado atômico das *litterae*. O literário é esse remontar da convenção ao fundo biológico do qual a letra nunca se separou.[13] Conforme escreveu Frontão, a arte das imagens permite, ao mesmo tempo, desassociar a convenção em cada língua e associar novamente a linguagem ao fundo da natureza. Nesse sentido, a leitura que faz Quignard dos retóricos especulativos é bastante singular, pois ela sustenta que *é o próprio corpo que investiga na linguagem*. E, corroborando as teses de Frontão, ele sugere que os literários não devem se identificar com a linguagem *in flore* (os sistemas), tampouco com a linguagem *in herba* (a língua vernacular), mas com a linguagem *in germine*, a semente originaria germinativa, com a *littera*, a substância literal e *pathique* da linguagem. Podemos dizer que Quignard adota as exortações de Frontão ao jovem imperador na medida em que, ali, a filosofia é rejeitada por ser um instrumento que desvia da predação própria da linguagem ao excluir o *pathos* que lhe é inerente.

---

[13] QUIGNARD, P. *Rhétorique spéculative*. Paris: Gallimard (Folio), 1995, p. 44.

Coleção Filô

Gilson Iannini

A filosofia nasce de um gesto. Um gesto, em primeiro lugar, de afastamento em relação a uma certa figura do saber, a que os gregos denominavam *sophia*. Ela nasce, a cada vez, da recusa de um saber caracterizado por uma espécie de acesso privilegiado a uma verdade revelada, imediata, íntima, mas de todo modo destinada a alguns poucos. Contra esse tipo de apropriação e de privatização do saber e da verdade, opõe-se a *philia*: amizade, mas também, por extensão, amor, paixão, desejo. Em uma palavra: Filô.

Pois o filósofo é, antes de tudo, um amante do saber, e não propriamente um sábio. À sua espreita, o risco sempre iminente é justamente o de se esquecer daquele gesto. Quantas vezes essa *philia* se diluiu no tecnicismo de uma disciplina meramente acadêmica, e até certo ponto inofensiva? Por isso, aquele gesto precisa ser refeito a cada vez que o pensamento se lança numa nova aventura, a cada novo lance de dados. Na verdade, cada filosofia precisa constantemente renovar, à sua maneira, o

gesto de distanciamento de si chamado *philia*. A coleção FILÔ aposta nessa filosofia inquieta, que interroga o presente e suas certezas; que sabe que as fronteiras da filosofia são muitas vezes permeáveis, quando não incertas.

A coleção FILÔ pretende recuperar esse desejo de filosofar no que ele tem de mais radical, através da publicação não apenas de clássicos da filosofia antiga, moderna e contemporânea, mas também de sua marginália; de textos do cânone filosófico ocidental, mas também daqueles textos fronteiriços, que interrogam e problematizam a ideia de uma história linear e unitária da razão. Além desses títulos, a coleção aposta também na publicação de autores e textos que se arriscam a pensar os desafios da atualidade. Isso porque é preciso manter a verve que anima o esforço de pensar filosoficamente o presente e seus desafios. Afinal, a filosofia sempre pensa o presente. Mesmo quando se trata de pensar um presente que, apenas para nós, já é passado.

Série Antifilô

Gilson Iannini

Há uma tradição letrada que corre à margem da história da filosofia. Uma tradição que nem mesmo chega a ser uma tradição. Ela desconfia que o sentido, a razão, a verdade, a mestria não são senão quimeras, ou, no máximo, efeitos da letra. Recalcitrante e esquecida, ela toma a letra da linguagem como pura *littera*. Ela força a passagem. "Retórica especulativa", para dizer como Quignard. Ela é esquecida, perseguida ou, o que é pior, absorvida pela própria filosofia.

Há também outra tradição, mais recente, que também não chega a ser uma tradição. Ela se caracteriza por opor a singularidade de um ato ao uso filosófico do conceito de verdade. Ao contrário do filósofo, que suspira pelo Um e pelo sentido, o antifilósofo procura produzir efeitos de discurso. O antifilósofo também toma a letra da linguagem como pura *littera,* também força a passagem. Kierkegaard, Nietzsche ou Lacan estenografam um gesto dessa natureza.

O que uma e outra têm em comum é também efeito de uma nomeação: antifilosofia.

Nietzsche dizia, aproximadamente, que o mundo-verdade teria sido abolido. O que restou então? O mundo-aparência. Mas, ao abolir o mundo-verdade, não abolimos no mesmo gesto o mundo das aparências? "É meio-dia, instante da mais curta sombra." A antifilosofia é também esse instante, ao meio-dia.

Este livro foi composto com tipografia Bembo e impresso
em papel Pólen Bold 90 g/m² na Formato Artes Gráficas.